*Deseo*

# EVAN

## Negocios de placer

CHARLENE SANDS

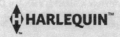

2018

Editado por Harlequin Ibérica.
Una división de HarperCollins Ibérica, S.A.
Núñez de Balboa, 56
28001 Madrid

I.S.B.N.: 978-84-687-8094-8
Depósito legal: M-2589-2016
Impresión en CPI (Barcelona)
Fecha impresion para Argentina: 24.10.16
Distribuidor exclusivo para España: LOGISTA
Distribuidores para México: CODIPLYRSA y Despacho Flores
Distribuidores para Argentina: Interior, DGP, S.A. Alvarado 2118.
Cap. Fed./Buenos Aires y Gran Buenos Aires, VACCARO HNOS.

# *Capítulo Uno*

Elena Royal hizo una mueca mientras tomaba un sorbo de su segundo sexo en la playa. Menuda ironía.

Sexo en la playa.

Eso era exactamente lo que ella debería estar haciendo durante su luna de miel. Pero estaba sola, sentada frente a la barra del bar del hotel Wind Breeze, en la isla de Maui, ahogando sus penas en alcohol.

Debería estar recién casada con Justin Overton, el sinvergüenza que la había convencido de que estaba enamorado de ella y no del dinero de su padre. Descubrir el día de su boda que su futuro marido era un canalla la hizo salir corriendo, abandonando a toda prisa la ceremonia y a los invitados, que estaban a punto de llegar.

Sí, había dejado plantado a Justin, pero también había dejado allí su corazón. Y, a partir de ese momento, ya no era la niña ingenua y confiada que creía en los finales felices.

Destrozada, había decidido ir a un hotel exclusivo en la isla de Maui, esperando no ser reconocida como la hija del magnate hotelero Nolan Royal. Necesitaba escapar. Necesitaba tiempo para revaluar su vida. Llevaba tres semanas en la playa, nadando, leyendo, relajándose…

Y estaba volviéndose loca.

La luna flotaba sobre la piscina de aguas transparentes, las olas acariciaban la playa de arena blanca... Bajo el techo de paja del bar, Elena terminó su copa pensando si debía pedir otra antes de volver a la soledad de su habitación. La calurosa noche de junio era agobiante. De no ser por los ventiladores del techo, el aire caliente la asfixiaría…

–¿Quiere otra copa? –le preguntó el camarero, Joe, fulminando con la mirada a un hombre que pretendía acercarse, como hacía todas las noches desde que estaba allí.

Elena sonrió. Joe parecía haber decidido protegerla. Quizá porque, durante esos días, había comprobado que no tenía la menor intención de hablar con extraños.

–Mejor no. Aún no he terminado esta.

Un ruido en la piscina la hizo volver la cabeza. Un hombre se había tirado de cabeza y nadaba hacia el otro lado con poderosas brazadas. Sin saber por qué, Elena se quedó mirando mientras salía del agua. Era un hombre muy alto, moreno… y sus hombros podrían rivalizar con los de cualquier atleta olímpico.

El hombre clavó en ella unos ojos oscuros y penetrantes… y Elena sintió un escalofrío que la recorrió de arriba abajo. Era una sensación que no había experimentado nunca.

Nerviosa, consiguió sonreír. El extraño no le devolvió la sonrisa, pero levantó una ceja como respuesta.

Elena, agitada, no podía dejar de mirarlo mientras se secaba los hombros y se envolvía una toalla en la cintura. La mirada oscura del extraño parecía estar llena de promesas y su corazón latía a toda velocidad mientras esperaba que se acercase… lo cual era sorprendente, porque había jurado no volver a mirar a un hombre en al menos diez años.

Estaba harta de mentirosos, de tramposos, de hombres que le decían palabras de amor cuando solo querían una parte del pastel de su familia.

Justin había sido el más inteligente. Elena había creído sus promesas de amor… hasta que su padre hizo que lo investigaran.

Y descubrió justo a tiempo que Justin Overton no era el alto ejecutivo que decía ser cuando lo conoció en Europa seis meses antes sino un tipo que estaba en la ruina y no tenía oficio conocido.

Elena, desesperada, había salido corriendo para esconderse en aquel discreto y lujoso hotel y curar su herido corazón.

De nuevo, miró hacia la piscina. El extraño había desaparecido. Suspirando, sacudió la cabeza. Seguramente era lo mejor. Al menos, que hubiera sentido cierta atracción significaba que no estaba muerta del todo.

–¿Ocurre algo, señorita? –le preguntó Joe.

–No, nada en absoluto –contestó ella, pensando que el único sexo en la playa que iba a tener aquella noche estaba en el fondo de la elegante copa de cóctel que sujetaba en la mano.


La combinación de refrescos de mango, melocotón y vodka que había tomado por la noche hizo que se levantara con dolor de cabeza al día siguiente. Ella nunca había sido una gran bebedora; prefería una copa de champán o de buen vino a un combinado. Y el precio era una terrible resaca.

Estaba en la playa, tomando un café solo y mirando el mar a través de sus gafas de sol. Pero ni siquiera Yves Saint Laurent podía evitar que le doliera la cabeza.

Elena cerró los ojos, esperando que la brisa del mar le curase la jaqueca…

–¿Te importa si compartimos este pedazo de playa? –una voz masculina la hizo abrir los ojos.

Era el extraño de la noche anterior, sus ojos ocultos bajo unas Ray Ban. Llevaba una camisa tropical sin abrochar y un bañador oscuro. Y tenía un torso de escándalo.

–La playa es de todos –contestó ella.

El hombre colocó una tumbona al lado de la suya.

–Desde luego, la vista es maravillosa.

Elena asintió, mirando al horizonte, hasta que se percató de que quizá él le había querido hacer un cumplido. Pero cuando lo miró, su expresión seguía siendo la misma.

–Me llamo Ty.

–Ah… yo soy Laney –dijo ella. Solo su padre y sus mejores amigos la llamaban así. Y se alegraba de no tener que decirle su apellido.

–¿Demasiado sexo en la playa anoche, Laney?

–Esto… sí, demasiado alcohol. Pero si la pregunta va con segundas, me temo que no es asunto tuyo.

–Te vi anoche en el bar, por eso lo digo.

–Ya, bueno, no soy una gran bebedora.

Él sonrió.

–¿Estás aburrida?

–Anoche sí –contestó ella–. Vine aquí para relajarme, para descansar, para no hacer nada…

«Para recuperarme de un compromiso roto».

–Pero no hacer nada no es tu estilo –sonrió él.

–Aparentemente no.

–Tampoco es mi estilo. Ya tenemos algo en común.

–¿Estás de vacaciones?

–Algo así –contestó Ty, encogiéndose de hombros–. Con unos cuantos negocios mezclados. Pero siempre me alojo en el Wind Breeze cuando vengo aquí.

Evan Tyler la observó atentamente cuando se reclinó en la tumbona. Era una belleza. Y pensar en cómo sus ojos azules lo habían devorado la noche anterior hacía que le hirviera la sangre. Aquella preciosa rubia había estado estudiándolo desde la barra con una mirada de puro deseo en los ojos. Y lo que más le había excitado era que no parecía darse cuenta de lo guapa que era…

Su cara le resultaba vagamente familiar.

Elena Royal. De pronto cayó en la cuenta.

La había visto en alguna foto. Y aunque la rica heredera no era una joven notoria, su compromiso roto el mismo día de la boda había llenado las páginas de las revistas de sociedad.

Su rival en el negocio hotelero, Nolan Royal, solo tenía una hija y, normalmente, era una joven muy discreta. Evan imaginó que había ido allí para recuperarse del escándalo. En Los Ángeles, la noticia de que Elena había dejado a su prometido plantado en la iglesia era un secreto a voces, aunque Nolan intentó tapar algunas bocas con dinero.

Y casi podía aplaudir que quisiera apartar a los medios de su hija.

Casi.

Porque Nolan Royal era su enemigo. Le había robado la adquisición de la cadena de hoteles Swan, en la que Evan llevaba dos años trabajando, y sus deshonrosas tácticas para conseguirlo seguían quemándole la sangre. Había perdido dos años de su vida y una buena cantidad de dinero por culpa de ese hombre. Pero el viejo había conseguido ocultar las pruebas y él no podía demostrar que había usado métodos menos que claros, por no decir ilegales, para hacerse con la cadena de hoteles.

Pero había decidido vengarse.

Quería que Nolan Royal pagase por lo que había hecho.

Evan se volvió hacia ella, fijándose en el biquini rojo que no podía esconder sus deliciosas curvas.

–¿Quieres escapar del aburrimiento?

Ella levantó una ceja.

–¿Qué tienes en mente?

Evan se levantó y, después de tirar la camisa sobre la hamaca, le ofreció su mano.

–Vamos a nadar un rato.


Laney disfrutó tanto que cuando Ty la invitó a comer no pudo encontrar razón alguna para rechazar la invitación. Comieron en un restaurante en Lahaina famoso por sus alitas de pollo picantes.

El sitio estaba lleno de gente, pero Ty consiguió una mesa en una esquina del patio con vistas a la histórica ciudad llena de turistas. Normalmente, Laney evitaba sitios llenos de gente, pero él le había prometido que no harían nada aburrido. Y nada aburrido era exactamente lo que le ofrecía.

Como aficionada a la fotografía, le encantaba

mirar a la gente. Desde los doce años, cuando su padre le regaló su primera Canon, había estado haciendo fotografías. Era su pasión.

–Este sitio es estupendo.

–Me alegro de que te guste.

Laney quería pedir una sencilla ensalada de pollo, pero Ty la convenció para que probase algo más original, de modo que pidió *kahuna,* una hamburguesa con salsa *teriyaki* y piña asada.

–Después de las alitas de pollo picantes no me atrevo a mucho más –rio.

–Te va a gustar, ya lo verás.

Mientras comía su deliciosa hamburguesa, observaba a Ty atacando el cerdo kalúa, un sándwich de lomo de cerdo con coliflor y cebollas salteadas, otro de los platos típicos de la región.

Después, pasearon por la calle principal y hablaron de cosas poco importantes. Le gustaba no saber su apellido y que él no supiera el de ella y le gustaba no hablar de cosas personales.

Lo encontraba tan excitante, tan lleno de sorpresas… Cuando la llevó de vuelta al Wind Breeze, Ty se inclinó para hablarle al oído:

–Me gustaría explorar ese comentario tuyo… lo de que no te atreves a nada más. ¿Por qué no cenamos juntos esta noche?

Ella no estaba allí para buscar aventuras. Había ido al hotel para alejarse de la gente, de la prensa y de los malos recuerdos. Normalmente, no era de las que permanecían sentadas, pero un corazón roto le robaba la alegría a cualquier cosa. Estaba allí para olvidar, se recordó a sí misma, pero le sentaría bien un poco de diversión.

Y Ty era una diversión muy atractiva.

–¿Y tendré que volver a comer alitas de pollo picantes? Porque aún me quema la boca.

–Prometo que no habrá más alitas –sonrió él–. Pero me temo que no puedo hacer promesas sobre tu boca.

Un calor que podría rivalizar con el de las alitas picantes la recorrió, y Elena decidió que Ty era bueno para su maltratado ego. ¿Por qué no iba a cenar con un hombre tan interesante? ¿Por qué no hacer algo más que cenar? Había respetado las reglas durante toda su vida y el resultado era un desastre.

Se había dejado persuadir por su padre para estudiar hostelería y dirección de empresas cuando lo que deseaba era ser fotógrafa profesional. Y cuando su padre le regaló unas vacaciones de tres meses para viajar por Europa con su cámara, esperando que se cansara de la idea, conoció a Justin Overton en un café parisino.

Justin era un hombre carismático y ella era tan ingenua… Supo luego que el encuentro no había sido fortuito, que Justin la había seguido desde Los Ángeles. Aparentemente, tenían tanto en común que pronto se creyó enamorada de él y enseguida se comprometieron.

Laney creía conocer bien a Justin hasta que su padre decidió investigarlo. Y justo antes de que intercambiasen los votos frente al altar, su novio había quedado expuesto como un estafador, interesado solo en el dinero de su padre.

Justin la había engañado, le había roto el corazón y la había hecho quedar como una tonta. Eso no volvería a pasarle con un hombre, y mucho menos con un atractivo extraño al que había conocido en la playa. Gracias a Justin, ahora no confiaba en nadie. Sí, guardaría bien su corazón.

De modo que, ¿por qué no pasarlo bien? Podría disfrutar con él del tiempo que le quedase en Maui, en lugar de intentar olvidar leyendo un *best seller* o fingir que lo pasaba bien en la playa cuando su desilusión le pesaba como una losa.

–Si estás casado o comprometido haré que te corten la cabeza –le dijo, solo medio en broma.

–No, soy soltero. Eso te lo puedo jurar.

–Muy bien. Entonces, cenaré contigo.

Ty miró su reloj y luego levantó la cabeza, con una mirada llena de promesas.

—Vendré a buscarte a las ocho. Prepárate para pasarlo bien y… para soltarte el pelo.

La dejó allí, en el vestíbulo, sin tocarla siquiera. Pero, por la mirada hambrienta que había visto en sus ojos, Laney sabía que eso podía cambiar esa misma noche y se preguntó, solo durante unos dos segundos, si sería sensato cenar con él.

—Averigua todo lo que puedas sobre Elena Royal, Brock. Lo necesito urgente —Evan hablaba con su hermano por el móvil mientras conducía por la carretera que llevaba hasta el anticuado pero potencialmente interesante hotel Paradise, en el lado oeste de la isla.

—¿Elena Royal? —repitió su hermano—. Por lo que yo sé, se ha vuelto invisible desde que rompió con su prometido.

—Está aquí, en la isla. Nos hemos conocido, pero no sabe quién soy.

—¿Y?

—Es la hija de Nolan Royal, Brock. Y durante los últimos años ha trabajado para él.

—Y creo que es muy guapa, ¿no?

–Sí, eso también.

–He visto fotografías suyas en alguna parte, aunque es muy discreta. ¿Qué quieres conseguir con esto, Evan?

–Seguro que ella sabe algo de los negocios de su padre. Y si la cadena de hoteles tiene problemas serios, tengo que saberlo.

–Intentaré averiguar algo –suspiró su hermano–. Oye, ¿cómo es que yo estoy hasta las cejas de papeles y tú estas en Maui tomando el sol con una mujer guapísima?

Evan giró el Porsche alquilado hacia la entrada del viejo hotel. Un sitio estupendo, una vista fantástica. Pero necesitaba reformas importantes. Tendría que hacer una tasación antes de añadir ese hotel a la cadena Tempest, la cadena de hoteles de los Tyler.

–Alguien tiene que hacerlo –contestó–. Y a mí no me importa mezclar los negocios con el placer. Para mí es lo mismo.

–Hay rumores sobre los Royal desde hace meses.

–Precisamente lo que quiero averiguar es si hay algo de verdad en esos rumores. Llámame cuando sepas algo.

Evan cerró el teléfono y detuvo el Porsche frente a la puerta del hotel. El hotel Paradise era de segunda categoría… pero él lo convertiría en uno de cinco estrellas si llegaba a un acuerdo con su propietario actual.

A las ocho menos cuarto, Evan, ya duchado en su suite del Wind Breeze, llevaba puesto un traje oscuro y tenía todos los detalles que necesitaba sobre Elena Royal. Y debía admitir que la pobre no había tenido suerte en la vida. Se había dejado cortejar por un sinvergüenza que estuvo a punto de pasar a formar parte de la familia Royal. Nolan, en contra de los deseos de su hija, había hecho que lo investigaran, aunque casi demasiado tarde.

Eso demostraba que el viejo empezaba a ablandarse.

Evan se colocó la corbata de seda gris, se pasó un peine por el pelo y tomó varios preservativos de la cómoda, guardándolos en el bolsillo. Hacía tiempo que no conocía a una mujer que le intrigase tanto como Elena Royal y no pensaba dejarla escapar. Era una chica inteligente, guapa, divertida.

Sí, haría todo lo posible para que aquella belleza no se aburriese.

A las ocho en punto, Evan llamó a la puerta de su habitación y estuvo a punto de caerse de espaldas al verla.

–Vaya –murmuró, lanzando un silbido.

–Gracias –sonrió ella, casi con timidez. Llevaba un vestido de encaje negro con un escote fantástico que le caía por encima de las rodillas. Parecía más alta, casi tanto como él, gracias a unas sandalias de pedrería que la levantaban por lo menos doce centímetros.

–Entra un momento. Voy a buscar mi bolso.

Cuando se volvió, Evan descubrió que el vestido tenía un escote que llegaba hasta donde era decente, dejando al descubierto su espalda y destacando un trasero bien formado.

–Muy bonito –murmuró.

–Se ha convertido en mi hogar. Llevo aquí casi un mes.

–No me refería a la habitación.

–Ah, ya –sonrió ella, un poco tímida–. Gracias otra vez.

–Bueno, vamos a terminar con esto.

–¿A terminar con qué?

Parecía auténticamente sorprendida, pero Evan no podía parar.

–Esto –dijo, envolviéndola en sus brazos para tomar su boca con un beso hambriento. Sus labios sabían a fruta tropical, y tener el cuerpo femenino apretado contra el suyo le pareció el paraíso. Su leve gemido de sorpresa le excitó aún más. Animado, siguió besándola, inclinando a un lado la cabeza, más exigente ahora. Y ella respondió echándole los brazos al cuello.

Evan acarició su lengua una vez, dos veces… y ella le devolvió la caricia de forma tentativa. Su masculinidad reaccionó de inmediato, aunque no podía decidir si Elena era una amante experta o más ingenua de lo que parecía. Fuera como fuera, no podía negar que le parecía perfecta entre sus brazos. Evan se apartó ligeramente y la miró a los ojos.

–Si no te hubiera prometido que iríamos a cenar no saldríamos de esta habitación, Laney.

Ella sacudió su rubia melena.

–Bueno, entonces me alegro de que me lo prometieras –dijo, con voz ronca–. Me gustan los hombres que cumplen sus promesas.

–Pero también te prometí que no te aburrirías.

–Por ahora, no me estoy aburriendo en absoluto. Sigue sorprendiéndome, Ty.

¿Ty? Durante un segundo, Evan casi olvidó la razón por la que estaba con la bella heredera. Sin revelar su identidad, pensaba conseguir información sobre la cadena de hoteles Royal y cualquier problema que pudiera estar teniendo.

Sonriendo, inclinó la cabeza para rozar sus

labios de nuevo y luego le tomó la mano para salir de la habitación… si no se iban terminarían en la cama antes de lo previsto.

Laney le sorprendía, y eso era nuevo para él. A Evan no le gustaban las sorpresas. Él necesitaba tener las situaciones controladas. Su intensa reacción ante Elena Royal no era solo sexual, y eso le turbaba un poco. Pero no dejaría que la sorpresa se interpusiera en su camino. Había algo que necesitaba de Elena Royal y pensaba conseguirlo: información.

# *Capítulo Dos*

A Laney le quemaban los labios, no por las alitas de pollo picantes sino por culpa de Ty, cuyos besos habían dado un significado nuevo a la palabra «atrevimiento».

La cálida brisa hawaiana le movía el pelo mientras iban en el Porsche de Ty por la carretera de la costa. Laney pensaba en la lección que su padre siempre había intentando meterle en la cabeza:

Ten cuidado con lo que deseas.

Había intentando convencerse a sí misma de que estaba bien tras el engaño de Justin, pero sin saberlo estaba esperando que ocurriera algo, que apareciese alguien que la ayudara a salir de aquella situación.

Y, de repente, aparecía aquel misterioso extraño… y por primera vez en mucho tiempo se sentía feliz, llena de vida. Había conseguido lo que deseaba y, por el momento, no pensaba cuestionarlo. En cuanto los labios de Ty rozaron los suyos decidió que no iba a negarse a sí misma la oportunidad de olvidar el pasado.

En dos días se marcharía del hotel y volvería a su casa para estar con su padre. Siendo la heredera del imperio Royal, su padre quería no solo que aprendiese el negocio sino que lo amara tanto como él. Laney, que nunca había estado interesada en el negocio hotelero, siempre había pensado que era una decepción para él. Lo único que le interesaba era su cámara y las imágenes que podía retratar con ella.

Pero no quería pensar en eso ahora. Viviría el momento con un hombre que parecía tener muy claro lo que hacía, lo que quería y cómo iba a conseguirlo.

Ty la llevó a un animado restaurante con vistas al mar. Cenaron en un patio donde las antorchas *tiki* y la luz de la luna eran la única iluminación. La noche era cálida y el sonido de las olas golpeando la playa rivalizaba con los latidos de su corazón. Ty no dejaba de mirarla a los ojos mientras compartían una bandeja de marisco y tomaban champán.

Después de cenar, los clientes del selecto patio fueron obsequiados con una típica interpretación *luau*. El movimiento ondulante de las exóticas bailarinas hacía que Laney se sintiera atrevida. Cada vez que miraba a Ty lo encontraba mirándola con un crudo deseo en los ojos…

Cuando el espectáculo terminó, una orquesta de tres músicos empezó a tocar suaves melodías de las islas. Él se levantó y le tomó la mano.

–Baila conmigo.

Le gustaba lo fuerte que era, lo decidido. Y cuando la envolvió en sus brazos, apretándola hasta casi hacerla perder el equilibrio, Laney le dejó hacer, apoyando la cabeza en su hombro, sintiendo que el miembro masculino le rozaba los muslos…

–Estaba deseando tenerte entre mis brazos otra vez.

–Yo también –murmuró ella.

–¿Cuánto tiempo vas a estar en la isla? –le preguntó Ty, rozándole el cuello con los labios.

–Un par de días más.

–¿Y luego, adónde irás?

–A casa, con mi padre. ¿Cuánto tiempo vas a estar tú aquí?

–Creo que acabo de ampliar mi estancia un par de días –contestó él.

–¿Y luego?

–Tengo un calendario muy apretado. Todavía no lo sé.

Por un lado, Laney quería saber algo más sobre él. Pero por otro lado, el más juicioso, se alegraba de no saber nada de aquel hombre que para ella era simplemente Ty. Se llevaría con ella los recuerdos de la isla antes de volver a la realidad, al mundo de su padre.

Que había estado llamándola diariamente, preocupado por ella, esperando convencerla para que volviese a casa. Por fin, Elena aceptó. Tenía que dejar de lamerse las heridas y enfrentarse a su familia y sus amigos. Llevaba demasiado tiempo escapando, le había dicho su padre. Y aquella era una de las pocas ocasiones en las que estaba de acuerdo con él.

Laney concentró su atención en Ty. Sabía que debía ser un hombre de éxito… o al menos lo parecía. El hotel Wind Breeze era solo para personas acaudaladas. Y un hombre que podía conseguir mesa en aquel restaurante tenía que tener no solo dinero sino contactos.

Pero ella no tenía por qué saber nada de eso. No quería saber nada de una experiencia ni remotamente parecida a su relación con Justin Overton.

Estaba contenta entre los brazos de Ty, disfrutando del roce de su cuerpo sin pensar en nada más.

Después de varios bailes que los dejaron a

los dos casi sin aliento, salieron del restaurante. Pero cuando Laney pensaba que irían directamente al hotel, Ty la sorprendió llevándola a un club de jazz. Había prometido que no se aburriría y lo estaba consiguiendo.

Tomaron capuchinos mientras escuchaban las sensuales notas de un saxofón. Ty le pasaba un brazo por el hombro, le acariciaba la mano… los sutiles gestos parecían increíblemente naturales, pero eso no evitaba que cada célula de su cuerpo reaccionase con deseo. Esas caricias le despertaban los sentidos hasta tal punto que Laney no sabía si podría aguantar mucho más sin lanzarse sobre él. Lo deseaba.

Se volvió hacia él con una sonrisa en los labios, pero no le salían las palabras. No era tan atrevida. Aún no.

–¿Nos vamos?

Ty no esperó respuesta. Dejó unos billetes sobre la mesa y tomó su mano con un brillo en los ojos que decía exactamente lo que quería.

Y, de nuevo, Laney estaba segura de que no iba a aburrirse.


Casi hicieron el amor sobre el capó del Porsche en el aparcamiento del local. Mientras la besaba, Ty acariciaba todo lo que podía acariciar sin ser detenido por escándalo público. Y Laney le acariciaba la espalda, devolviendo sus besos con ardientes besos propios. Le acarició el pelo, el cuello, mientras se apretaba contra él…

Recuperaron el sentido común unos minutos después, cuando se acercó un guarda de seguridad. Riendo, Laney entró en el coche mientras Ty intentaba recuperar la compostura de cintura para abajo.

Condujeron en completo silencio. Ty sabía que no debía tocarla porque, de hacerlo, corrían peligro de tener un accidente. Y Laney estaba viviendo el momento.

Ahora, en la puerta de su habitación, con las piernas temblorosas y el corazón latiendo como loco, sabía que estaba viviendo más que nunca. Jamás había deseado a un hombre como deseaba a Ty, con tal abandono.

–Yo nunca hago estas cosas…

Él se inclinó para buscar sus labios.

–Y yo seguiré aquí mañana, decidas lo que decidas.

Le gustaba ser ella quien tomase la decisión, aunque no podía tomar ninguna que no fuera dejarlo pasar. De modo que abrió la puerta y, tirando de su corbata, entraron en la habitación.

Ty dejó escapar un suspiro de alivio y, desde ese momento, las cosas enloquecieron.

Ty la empujó contra la puerta y la besó hasta que casi perdió el conocimiento. Se besaban con la boca abierta, sus lenguas bailando con frenesí. Ella tiró de su chaqueta de Armani y Ty se deshizo de ella sin dejar de besarla. Laney le quitó la corbata y él le desabrochó el vestido con manos expertas. Antes de que se diera cuenta, lo único que llevaba puesto era un tanga negro.

Con el torso desnudo y bronceado, Ty inclinó la cabeza y le besó uno de los pechos, luego el otro, su boca cubriendo la aureola y el pezón mientras chupaba hasta hacerla cerrar los ojos. Un relámpago de fuego la recorrió entera.

–Eres preciosa…

Laney pensaba lo mismo de él. Nunca había conocido a un hombre con un cuerpo tan hermoso. Parecía conectar con ella en todos los sentidos, aunque sabían muy poco, casi nada, el uno del otro.

–Ty, te deseo…

Él cayó de rodillas.

–Y me tienes, cariño. En un minuto, te lo prometo.

Lentamente, le quitó el tanga y empezó a besarle el interior de los muslos hacia arriba…

luego la tocó allí, separando los pliegues de la sensible piel con los dedos hasta que ella dejó escapar un gemido de placer, apoyando la cabeza en la puerta.

Ty levantó las manos entonces, sujetándola por la cintura mientras la cubría con la boca, su lengua acariciando sabiamente su parte más íntima. Laney lo agarró del espeso pelo. La sombra de barba le arañaba el interior de los muslos, excitándola aún más. Cuando estaba lista para explotar, él se detuvo.

La levantó en los brazos, besándola con los mismos labios que habían estado acariciándola un segundo antes ahí abajo. Se sentía mareada y más excitada que nunca en toda su vida. Ty entró en el dormitorio y la dejó sobre la cama, quitándose el pantalón y los calzoncillos a toda velocidad. Laney observó su potente erección justo antes de que él la cubriera con un preservativo…

De repente, Ty estaba en la cama, de espaldas, colocándola encima de él.

Laney jamás se había sentido tan atrevida o tan expuesta.

Pero la mirada de deseo de él la animaba.

–Atrévete, Laney.

Ella se colocó a horcajadas sobre su cuerpo,

desnuda en cuerpo y espíritu, y cuando Ty la levantó sobre su erección, Laney se dejó caer despacio, recibiéndolo poco a poco. Él dejó escapar un gemido ronco de placer y ese sonido despertó algo salvaje en ella, que empezó a moverse arriba y abajo. Ty levantó una mano y le tocó un brazo, los hombros, guiándola hasta que encontraron el ritmo. Tocaba sus pechos, acariciando sus pezones con los pulgares mientras ella lo montaba con fuerza, deseando más, deseándolo todo. Ty levantaba las caderas para buscarla y enseguida llegó a un orgasmo que la sacudió por entero.

Él la observaba, mirándola con intensidad, casi con asombro. Y Laney, curiosamente, no se sentía tímida. Con él, se sentía abierta, libre.

Y luego Ty la colocó de espaldas, empujando con fuerza, sujetándose al borde de la cama. El pelo le caía por la cara, el torso cubierto por una fina capa de sudor... todo su cuerpo se puso tenso mientras la embestía por última vez, clavando sus ojos penetrantes en los de ella antes de dejarse ir con un gemido ronco de puro placer.

Unos segundos después, jadeando, la besó en los labios mientras se tumbaba de lado.

–¿Estás bien?

Si fuera un felino, estaría ronroneando, pensó Laney.

–No estoy nada aburrida, te lo aseguro.

–Te lo prometí.

–Pero ni siquiera sabemos nuestro apellido.

Con un dedo, Ty trazó la comisura de sus labios, hinchados por los besos.

–Pensé que eso era lo que querías.

–Sí, así es… pero ¿cómo has podido saberlo?

Él se encogió de hombros.

–Normalmente una mujer hace más preguntas que un policía cuando conoce a un hombre. Tú no hiciste ninguna porque no querías saber las respuestas y porque no querías que yo te hiciese preguntas a ti. Pensé que querías mantener tu intimidad.

–Eres muy perceptivo –murmuró Laney. Pero sentía que le debía algún tipo de explicación. Al fin y al acabo, acababa de tener con él la experiencia sexual de su vida–. No estoy casada ni prometida… bueno, estuve prometida, pero no funcionó. Vine a la isla para olvidarme de él.

Ty sonrió.

–Si te he ayudado en algo, me alegro.

No era eso. ¿O sí? En cualquier caso, Ty no parecía en absoluto molesto.

–Pues sí, así es. Últimamente no he pensado mucho en él. Y me alegro de haberte conocido.

«Seas quien seas».

Laney nunca podría haber imaginado que se entregaría a un completo extraño… un hombre misterioso al que no volvería a ver nunca cuando se fuera de la isla.

Él la besó de nuevo mientras le acariciaba los pechos.

—Lo mismo digo, cariño.

Y luego volvieron a hacer el amor, doblando el placer hasta quedar exhaustos.

Evan salió de la ducha y se puso una toalla en la cintura. Pasándose una mano por el pelo frente al espejo, hizo una mueca al ver la barba de dos días. No estaba trabajando exactamente, pero el aspecto de pirata no le gustaba nada.

Necesitaba afeitarse.

Pero necesitaba algo más de forma urgente.

Salió del baño y entró en el dormitorio donde había dejado a Laney durmiendo. Pero ella ya no estaba en la cama.

La encontró en la terraza, frente al océano Pacífico, hablando por el móvil. Llevaba su camisa de la noche anterior… que apenas le tapaba el trasero. Evan admiró sus largas piernas, los tobillos perfectos, los dedos de los pies, las uñas con pedicura francesa. Sí, muy elegante.

Después de ponerse calzoncillos y pantalones, salió a la terraza y se apoyó en la puerta.

–Sí, ahora estoy mucho mejor –estaba diciendo Laney–. Sí, ya sé que llevo fuera casi un mes… yo también te echo de menos. No… no sabía que tuvieras problemas, papá. Siento mucho no estar ahí contigo –Laney dejó escapar un suspiro–. Sí, creo que ya estoy preparada. Yo también te quiero, papá.

Evan oyó toda la conversación, incluyendo el suspiro que llegó después.

–¿Algún problema?

–Es mi padre. Dirige una gran empresa y ahora mismo la situación es caótica.

Era exactamente lo que Evan quería escuchar.

–¿Por qué? –le preguntó, poniéndose a su espalda para darle un masaje en el cuello.

–Ah, qué bien… –suspiró Laney–. Está perdiendo dinero. Ha habido todo tipo de problemas: incendios, robos, de todo. Y el pobre tiene la tensión muy alta. Necesita gente alrededor en la que pueda confiar y solo confía en mí.

–Sigue, cariño. Cuéntamelo.

–Creo que me necesita de verdad. Se está haciendo mayor y el estrés lo va a matar. No ha sido el mismo desde que mi madre murió hace cinco años. Bueno, fue horrible para los dos.

–Es comprensible –murmuró Evan, pensando en la muerte de su padre.

Ese recuerdo le perseguiría siempre, pero su madre, Rebecca, había conseguido criar y darle una educación a sus tres hijos ella sola. Cuando eran pequeños no tenían dinero, pero ahora vivía en Florida disfrutando de la jubilación. Brock, Trent y Evan habían levantado una cadena hotelera, Tempest, que los había hecho millonarios en los primeros cuatro años de operaciones. Y aunque Rebecca Tyler nunca había pedido nada, sus hijos se habían asegurado de que lo tuviera todo.

Pero, aun así, no le dolía nada que los hoteles Royal tuviesen problemas.

–¿Y cómo piensas ayudarlo?

Laney se echó hacia atrás, apretando su precioso trasero contra él. Estaba empezando a desear que Laney Royal fuese otra mujer. Una mujer a la que pudiera seguir viendo cuando volviesen a Los Ángeles.

–No sé si podré. Últimamente lo único que hago es aumentar sus preocupaciones. Lo que de verdad quiere mi padre es que tome parte más activa en el negocio para aliviarlo de parte de la carga.

–¿Y tú no quieres hacer eso?

Laney negó con la cabeza.

–No, pero tampoco quiero romperle el corazón. Ha trabajado mucho durante toda su vida… y ahora me necesita a su lado. Así, cuando llegue el momento de retirarse, lo hará sabiendo que alguien va a continuar su legado.

–¿Y tú qué quieres?

–Yo lo único que quiero es hacer fotografías. Soy fotógrafa de corazón. He vendido algunos trabajos a revistas y me gustaría seguir haciéndolo. Pero mi padre cree que es una afición. Cualquier cosa que no tenga que ver con el negocio, no es importante para él. No se toma mi trabajo en serio –Laney se encogió de hombros–. Yo soy todo lo que tiene.

–Ya veo.

Laney se volvió, sonriendo.

–Gracias por escucharme, Ty, pero ahora mismo no quiero pensar en mi padre.

¿Cómo iba a resistir esa invitación? Evan la abrazó y apoyó la cara en su pelo, que olía a mar, a flores.

–Se me ocurren un par de maneras de distraerte.

–Pues distráeme –murmuró ella, acariciando su barba.

Evan la atrajo hacia él apretando sus nalgas y la besó ardientemente en los labios.

Había descubierto lo que necesitaba saber…
por el momento. El rumor de que Nolan Royal
tenía problemas era cierto. Y eso significaba que
no presentaría una gran batalla cuando él diera
el paso final para comprarle el negocio.

Satisfecho con la información que había
conseguido, se pasó el resto de la mañana dis-
trayendo a Laney Royal y disfrutando de cada
segundo.

Más tarde esa mañana dieron un largo paseo
por la playa, coqueteando con las olas y el uno
con el otro, jugando en el agua y tomando el sol
hasta que sintieron hambre. Ty llevó a Laney
a su suite, al otro lado del hotel. La suite más
grande del Wind Breeze. Comieron en la terraza
y después se metieron en el jacuzzi.

Laney disfrutó del sol durante toda la tarde
mientras él, diligente, le ponía crema solar… en
sitios donde el sol no le daría nunca. Pero después de dos horas necesitaba ducharse y Ty le
ofreció su cuarto de baño.

La ducha ocupaba la mitad de la habitación.
Era una ducha moderna con grifos y chorros por
todas partes. Y antes de que se diera cuenta, Ty
estaba a su lado, con un solo objetivo en mente.

–¿Qué te parece la ducha? –sonrió inocente.

Una cosa que Laney había aprendido era que no había nada inocente en Ty, el hombre misterioso. Tenía mucha experiencia y ella se alegraba de ser la persona que disfrutaba de sus vastos conocimientos.

De modo que, sin timidez alguna, rodeó su miembro y le devolvió la mirada inocente.

–Es una ducha estupenda. Creo que todo funciona perfectamente –murmuró, deslizando la mano arriba y abajo. Y Ty lanzó un gemido ronco que resonó contra el mármol italiano.

–Cariño, sí… estás apretando los botones adecuados.

A Laney le gustaba su sentido del humor. Le recordaba que también ella lo tenía. Pero cuando la apretó contra el frío mármol de la pared, todos los pensamientos humorísticos desaparecieron. Ty tenía ese brillo en los ojos, y Laney sabía que iba a hacerle el amor otra vez.

De la manera más deliciosa.

Pasaron el resto de la tarde en su habitación, durmiendo a ratos, llamando al servicio de habitaciones cuando tenían hambre y bebiendo cerveza. Laney ganó a Ty en cinco juegos de canasta y, divertida, descubrió que a su encantador extraño no le gustaba perder.

Por la noche dieron un paseo a la luz de la luna y luego nadaron un rato en la piscina. Laney le contó algo más sobre los problemas de su padre y, aunque no le reveló su identidad, descubrió que le resultaba muy fácil hablar con él. Ty escuchaba y no hacía demasiadas preguntas ni daba su opinión. ¿Quién habría pensado que al atractivo extraño no le importaría oírle hablar de su amor por la fotografía o su falta de interés por el negocio de su padre?

Después, volvieron a hacer el amor. Saciada, Laney sintió que podía seguir adelante. Nunca antes había tenido una aventura, y seguramente nunca tendría otra, pero Ty había sido lo que necesitaba. Además, ¿cómo podía otra aventura compararse con aquella? Había conocido al hombre perfecto para olvidar un corazón roto.

Solo una parte de ella deseaba algo más con Ty. O quizá más tiempo para estar con él antes de decirle adiós. Pero tenía que dejar la isla al día siguiente.

Por la mañana, él la despertó muy temprano.

–Vístete, Laney –le dijo–. Y no olvides tu cámara.

–¿Por qué? ¿Adónde vamos?

–A la casa del sol –contestó Ty, dándole un azote en el trasero–. Vamos, cariño. Arriba.

A las nueve en punto, Laney se encontró en el cráter de Haleakala, absolutamente fascinada por el paisaje. Hizo montones de fotografías del cráter antes de bajar en bicicleta hasta la playa porque, según Ty, no podía perderse esa excursión antes de irse de la isla.

Y tenía razón. Bajaron por la tierra volcánica parando para hacer fotografías. En un momento determinado, las cinco islas eran visibles desde una de las estribaciones.

–Esto es increíble. Nunca había venido aquí.

–Pensé que te gustaría. El paisaje es fantástico –sonrió él, dándole un beso en la punta de la nariz–. Y el paisaje desde donde yo estoy tampoco está nada mal.

Laney le hizo una fotografía con el casco en la mano, pero era la mirada de admiración en sus ojos lo que ella quería capturar.

–Estoy de acuerdo –sonrió.

Después de dejar a Justin plantado en la iglesia solo hacía fotografías que no requerían ningún esfuerzo o investigación por su parte; tenía el corazón demasiado dolido como para hacer esfuerzo alguno. Y en cuanto a su confianza en sí misma… era bastante precaria después del fiasco.

Pero aquello… aquel descubrimiento era un

sueño. Había hecho algunas fotografías extraordinarias aquel día y se lo debía a Ty.

Cuando llegaron al hotel, Laney se dio cuenta de que solo le quedaban unas horas con él. Y no quería perder el tiempo. Había visto el brillo de sus ojos y sabía que él pensaba lo mismo.

De modo que cayeron sobre la cama con urgencia. Bocas hambrientas, cuerpos ardientes y caricias locas les hacían jadear. Ty la acarició hasta que llegó al orgasmo y ella le devolvió el gesto tomándolo en su boca y llevándolo hasta el borde del precipicio. Ty se controló, sin embargo, tumbándola de espaldas y colocando sus piernas sobre sus hombros para entrar en ella... llevándolos a los dos al orgasmo en cuestión de segundos.

Más tarde, volvieron a hacer el amor. Esta vez más despacio, de forma deliberada, un adiós final. Ty tuvo mucho cuidado y le dejó el tiempo que necesitaba para aceptar el final de su fin de semana juntos. Sus besos eran largos y perezosos mientras acariciaba su cuerpo con la ternura con la que uno acariciaría un tesoro.

Laney estaba segura de que nunca encontraría un amante mejor. Ty la excitaba como nadie. La excitaba y la hacía reír. Pero él no la haría llorar, se dijo a sí misma. Sabía cuando decidió dar el paso adelante que aquello no tenía futuro. No tenía sitio en su corazón para intentarlo otra vez.

Gracias a Justin Overton, no tenía confianza en ninguna relación sentimental. Quizá nunca volvería a tenerla.

Así que cuando Ty miró el reloj y se ofreció a llevarla al aeropuerto, Laney declinó la oferta.

Ya se habían despedido.

Él la besó apasionadamente en los labios y, mirándola a los ojos, dijo algo que le sonó muy misterioso:

–Has sido una sorpresa para mí, cariño.

Y luego la dejó sentada en la cama, sujetando una sabana de satén contra el pecho, el pelo despeinado alrededor de la cara, preguntándose qué habría querido decir con eso.

# Capítulo Tres

Un mes más tarde, Laney se arrodillaba sobre la tumba de su padre para dejar una docena de claveles blancos. A él siempre le habían gustado esas flores tan sencillas y tan duraderas. Nolan Royal creía en las cosas que permanecían para siempre. Por eso insistía en mantener la calidad y el trato personal en su cadena de hoteles a pesar de las nuevas y más llamativas cadenas hoteleras. Había levantado su imperio basándose en esas premisas.

Ahora su padre había desaparecido, pero el imperio seguía vivo.

Los ojos de Laney se llenaron de lágrimas.

—Papá… cuánto lo siento.

Nunca dejaría de sentirse culpable por no haber sido más fuerte para él, por no haber sido la persona que su padre necesitaba que fuera, por no haber sabido ayudarlo cuando más la necesitaba.

Cuando volvió de la isla, su padre se había

alegrado mucho de verla. Y parecía aliviado. Solo había otra persona de su confianza, además de ella, para intentar controlar los problemas con los que se enfrentaba la cadena de hoteles: su mano derecha, Preston Malloy.

Laney le había prometido a su padre antes del infarto fatal que haría todo lo que pudiera para ayudarlo. Los hoteles de la cadena estaban sufriendo todo tipo de accidente… o peor, algún tipo de sabotaje.

Su padre estaba perplejo, enfadado y frustrado. En unos meses, varios hoteles Royal a lo largo del país habían fracasado de una forma o de otra.

«No te preocupes, papá. No volveré a decepcionarte».

Laney hizo esa promesa de corazón. Ella era la única heredera de Nolan Royal y ahora todo era suyo. Incluida la responsabilidad. Le había asegurado a su padre que mantendría la cadena de hoteles, y eso pensaba hacer.

—Yo me encargo de todo —le prometió, mirando la placa de bronce sobre la lápida. La tumba estaba al lado de la de su madre en una zona privada del cementerio.

—Pensé que te encontraría aquí —Preston Malloy apareció a su lado.

Laney se levantó.

–¿Qué ocurre? ¿Algún otro problema?

Preston le pasó un brazo por los hombros.

–No, hoy no, Elena.

Aunque mantenían una buena relación, ella nunca había permitido que nadie, salvo sus padres y su mejor amiga, la llamase Laney. Aunque había dejado que lo hiciera otra persona, en la playa, en una isla lejana. En un momento de su vida en el que realmente necesitaba un amigo. Ahora, le parecía que esos momentos especiales habían ocurrido hacía siglos.

–Solo he venido para ver si estabas bien.

–Estaré bien. Algún día.

–Has venido aquí todos los días desde el funeral. Ya hace casi una semana.

–Es que necesito venir. Quiero que mi padre sepa que estoy aquí.

–Lo sabe. Y no le gustaría que te sintieras culpable por no estar con él cuando murió.

Preston tenía diez años más que ella, pero últimamente se había convertido en su mejor apoyo, llevando el negocio mientras coordinaba el funeral. Era lógico que su padre le hubiera apreciado tanto. Ahora, Preston, además de ser el director ejecutivo de la cadena de hoteles, tenía que cargar con el dolor de su hija.

Laney siempre había sospechado que a su padre le habría gustado que hubiese algo romántico entre ellos, pero aunque habían salido a cenar juntos varias veces, nunca había ocurrido nada.

–Ojalá hubiera podido estar con él durante sus últimos momentos –suspiró ella, desolada al pensar en su padre muriendo solo.

Había tenido un día terrible, lleno de reuniones y conferencias. Pero muchos creían que algo o alguien le había disgustado tanto como para provocarle un infarto. Ni siquiera hubo tiempo de llevarlo al hospital.

Y ese día ella no había ido a trabajar.

Desde que volvió de Maui, Laney se había puesto a las órdenes de su padre y, por primera vez, había entendido las dificultades por las que atravesaba la cadena. Él no se lo tomaba bien, y sospechaba que había algo extraño. Y al verlo tan preocupado, Laney le prometió que haría lo posible por llegar al fondo del asunto.

Trabajó noche y día durante tres semanas… hasta que un día se desmayó en la oficina debido a la fatiga. Después de eso se fue a casa a descansar. Pensó que se sentiría mejor después de dormir ocho horas, pero la debilidad y el cansancio continuaron y su padre insistió en que no fuera a la oficina hasta que estuviera bien del todo.

Tres días después, Nolan Royal sufría un infarto fulminante mientras estaba en su despacho.

Preston le apretó un hombro.

–Tu padre sabía que le querías mucho, Elena. Y estaba muy orgulloso de ti.

–¿Tú crees? –Laney no estaba tan segura–. Eso espero.

–¿Sabes lo que quería que hicieras? Quería que luchases por la empresa. Quería que consiguieras que la cadena Royal volviera a ser lo que fue.

Laney suspiró. Era cierto. Y se lo debía a su padre. Se olvidaría de sus propios deseos y cumpliría la promesa que le había hecho.

–Yo también quiero hacer eso, Preston. Pero no sé si podré hacerlo sola.

Preston sonrió.

–No tendrás que hacerlo sola. Me tienes a mí.


Laney colgó el teléfono y se pasó una mano por la frente. Le dolía mucho la cabeza. Miró los papeles que había sobre el escritorio de su padre, que se había convertido en su propio escritorio, en el cuartel general de la empresa, situado en un edificio adyacente al Royal Beverly Hills. Sentada en su sillón de cuero se sentía diminuta.

Su padre había sido un hombre muy alto, más de metro ochenta y cinco, y con la constitución de un deportista. El espacio era algo que valoraba mucho. Su sillón, su escritorio, su despacho, sus sueños, todo era a gran escala.

Laney se pasó una mano por el cuello.

–Un problema informático en San Diego –murmuró, cerrando los ojos. Todo el sistema de reservas borrado del ordenador durante casi un día entero, haciendo que la empresa Royal perdiera una considerable cantidad de dinero en temporada alta–. ¿Qué será lo próximo?

Cuando Preston entró en el despacho se sintió un poquito mejor. Su dedicación al trabajo había sido un regalo durante las últimas semanas.

–¿Es la hora de irnos?

Preston sonrió. Acababan de empezar la jornada de trabajo.

–Podría ser… tú eres la jefa.

–Ojalá –murmuró ella–. Tengo reuniones durante todo el día. Podrías echarme una mano.

Vestido con un ligero traje de lino beis que destacaba el azul de sus ojos, Preston Malloy era el epítome de la eficiencia.

–Me he enterado del problema informático en San Diego y voy a ir a comprobarlo personalmente. Volveré mañana por la tarde.

–Si lo crees necesario…

–Tenemos que descubrir qué ha causado el problema para que no vuelva a pasar. Pero si prefieres que no vaya…

–No, no. Debes ir, Preston. Yo me quedaré guardando el fuerte.

Él asintió con la cabeza.

–Muy bien, pero mañana por la noche cenamos juntos. Te vendría bien relajarte un rato.

¿Cenar juntos? Laney vaciló. Unos años antes, Preston había dejado bien claro su deseo de salir con ella y Laney no quería animarlo. Lo último que necesitaba era complicarse la vida en aquel momento.

–Últimamente no como mucho.

–A tu padre no le gustaría que estuvieras tan sola. Además, debería obligarte a comer algo. El día que te desmayaste nos diste un buen susto.

–No volverá a pasar, te lo aseguro.

–Desde luego que no. Porque mañana vamos a cenar juntos y te contaré qué he averiguado en San Diego.

–Muy bien –asintió por fin Laney. Preston solo estaba intentando cuidar de ella–. Llámame mañana, cuando llegues.

–Lo haré.

Cuando la puerta del despacho se cerró empezó a sonarle el móvil.

–¡Julia, mil gracias a Dios! Menos mal que me has llamado. Ahora mismo necesito una amiga.

–Oh, Laney, siento no haberte llamado en toda la semana. ¿Sigues sin comer?

–No puedo. No sé qué me pasa en el estómago, supongo que será el estrés. Y te aseguro que aquí se puede cortar la tensión con un cuchillo. A los empleados no les ha entusiasmado que yo ocupe el sitio de mi padre, y la mayoría creen que saben más que yo. Y la verdad es que están en lo cierto.

Julia rio, la misma risa infantil que Laney recordaba del colegio privado al que habían acudido juntas.

–No, qué va. Lo que pasa es que están acostumbrados a recibir órdenes de tu padre. No dejes que te intimiden.

–Muchos de ellos trabajaban aquí cuando yo era pequeña… no es fácil ganarse su respeto. Pero yo soy la hija de mi padre y les demostraré que sé lo que estoy haciendo. Aunque me va a costar un poco –suspiró Laney.

–Lo vas a conseguir, seguro. Tu padre estaría orgulloso de ti.

–Gracias, cariño. Siempre me animas.

–¿Quieres que comamos juntas?

–No, no me apetece comer nada.

–¿De verdad estás bien? ¿Te pasa algo?

–No, no me pasa nada.

Laney no quería admitir que quizá sí le pasaba algo. No quería preocupar a su amiga. Sus sospechas eran infundadas por el momento. Había sufrido mucho con la muerte de su padre y esa era la razón por la que no se encontraba bien.

–De acuerdo, pero la semana que viene comemos juntas quieras o no. Tienes que salir de esa oficina. Iremos a la playa y comeremos en algún sitio frente al mar, ¿te parece?

–De acuerdo –sonrió Laney.

Cuando colgó el teléfono, se sentía mucho mejor.

Una hora después, alguien llamó a la puerta de su despacho. Antes de que pudiera decir nada, la puerta se abrió y...

–Hola, Laney.

Ella se levantó de inmediato, sin dar crédito a lo que veía.

¿Ty? El hombre misterioso de Maui estaba

allí, delante de ella. Su primer pensamiento fue: «Está guapísimo». El segundo: «Qué alegría volver a verle».

No había olvidado los días que pasó con él en Maui. Sola en su casa de Brentwood, no dejaba de pensar en él. Nunca había hecho algo tan espontáneo, tan loco. Nunca había sido tan desinhibida. Además, Ty la había ayudado en un momento malo de su vida…

–Ty –consiguió decir, sin poder evitar una sonrisa–. ¿Qué estás haciendo aquí?

–He venido a verte.

–¿Pero cómo has sabido dónde encontrarme?

Él dio un paso adelante, mirándola con ese brillo en los ojos que la hacía sentir tan especial.

–Te lo explicaré después. ¿Cómo estás?

–Pues… sorprendida, la verdad. Pensé que no volvería a verte.

Ty asintió, tomando su mano.

–No había planeado que nos viéramos en esta situación. Me he enterado de lo de tu padre…

–¿Conocías a mi padre?

Su secretaria entró en el despacho agitada.

–Lo siento muchísimo, Elena. Salí un momento y…

–No importa, Ally. No me pases llamadas. Y,

por favor, cancela la reunión de las diez. No…
dile que voy a retrasarme un poco.

—Pero es que… él es tu cita de las diez —contestó Ally, mirando de uno a otro.

—No seas boba. Él no puede… —Laney miró a Ty y luego miró su agenda para comprobar el nombre—. Dile a Evan Tyler que espere.

Le gustaría hacerlo esperar hasta el día del juicio. Evan Tyler había sido el gran enemigo de su padre. Cuando supo que él fue la última persona a la que vio antes del infarto, Laney supo que tendría que enfrentarse con él algún día.

Y aquel día había llegado. Ojalá Preston estuviera a su lado, pensó.

—Puedes volver a tu despacho, Ally —sonrió Ty—. La señorita Royal no te necesita por el momento.

—Sí, bueno… —Laney lo miró, un poco sorprendida. ¿Quién era él para decirle a su secretaria lo que tenía que hacer?

Entonces, lo entendió. Como un roble gigante cayendo poco a poco al suelo. O, más bien, como una palmera cayendo a cámara lenta. Ty… ¿Tyler? Ty, su hombre misterioso era, por supuesto, Evan Tyler. Eran la misma persona. Laney cerró los ojos un momento.

—Oh, no. Dime que no es verdad.

–Yo soy tu cita de las diez, cariño.

–Cariño –repitió ella, estupefacta–. ¿Cariño? ¿Estás de broma? ¡Tú eres Evan Tyler! Tú eres… oh, Dios mío.

Laney se dejó caer sobre el sillón. Evan Tyler, el hombre que había provocado la muerte de su padre.

–Eres un canalla.

–Laney, escucha…

–Te aprovechaste de mí. De mi situación. Y yo caí en tus redes como una tonta. Me utilizaste de la peor manera posible. Tú sabías quién era…

–Sí, lo sabía.

Laney habría querido arrojarle el jarrón Waterford que había sobre su escritorio. Habría querido echarle de su despacho a patadas. Le ardía la cara de humillación. La habían engañado otra vez… Y lo que más le dolía, además de haberse acostado con el enemigo, era que Ty acababa de destrozar el recuerdo al que se había agarrado durante el periodo de luto. El único bonito que le quedaba.

–Maldito seas. Había oído que eras una persona despiadada, pero esto es increíble...

Evan Tyler no se molestó en contestar. Y tampoco le pidió disculpas.

–He venido a darte el pésame.

51

—Tú fuiste la última persona que vio a mi padre con vida...

—Eso es discutible.

—¡Tú le provocaste el infarto!

—¿Yo? Cuando salí de este despacho estaba sonriendo. Me había despachado en diez minutos y estaba encantado consigo mismo.

—Estás mintiendo. No intentes negarlo. Le dijiste que nos habíamos acostado juntos, ¿verdad? —le espetó Laney—. Eso era parte del plan, claro. Querías comprar su empresa y no te detendrías ante nada. Usarías cualquier medio a tu alcance...

—Tu padre no era un santo, Laney. Me robó una adquisición en la que yo llevaba dos años trabajando. No me sentía muy generoso con los Royal cuando te conocí ahogando tus penas en alcohol, pero como no me reconociste, pensé... bueno, qué más da. Es una chica preciosa, está sola y me mira como si fuera el último hombre que queda vivo en la tierra.

—Ah, también eres muy modesto —dijo Laney, irónica.

—Mi plan original era restregarle a Nolan Royal por las narices que habíamos estado juntos, sí. Pero nunca se lo dije.

—¿Y se supone que debo creerte?

–Es la verdad.

–Si querías hacerle daño, ¿qué te hizo cambiar de opinión?

Evan la miró directamente a los ojos.

–Tú. Tú me hiciste cambiar de opinión.

–No te creo.

–Mira, Laney, yo también me dedico al negocio hotelero y sabía los problemas que tenía tu padre. Cualquiera que investigase un poco sabría que tenía problemas.

–Pero eso no impidió que me interrogaras.

–Tú me ofreciste la información, yo nunca te pregunté nada.

–¡Tú me sedujiste!

En los ojos de Evan apareció un brillo de ironía.

–Y tú no te quejaste en absoluto.

Laney apretó los labios.

–Lo tenías todo planeado. Me usaste para conseguir información. Yo era el as que guardabas bajo la manga, el arma que pensabas usar contra mi padre.

–Tú confirmaste mis sospechas sobre la cadena de hoteles Royal, eso lo admito. Pero no me puedes negar que lo pasamos muy bien en la isla.

Laney no quería pensar en el tiempo que habían pasado juntos.

–Ya no me acuerdo. He bloqueado esos recuerdos.

–¿Quién está mintiendo ahora?

Laney intentó calmarse. Tenía que hacerlo para lidiar con aquel canalla.

–¿Qué es lo que quieres?

–Quiero lo que he querido siempre: comprar los hoteles Royal.

–No. La reunión ya ha terminado. Puedes irte.

–Tú no sabes dirigir esta empresa…

–No me diga lo que puedo o no puedo hacer, señor Tyler.

–Maldita sea, Laney. Te he visto desnuda media docena de veces. Llámame Evan.

–Muy amable por tu parte recordármelo, pero eso no cambia nada. Nunca venderé los hoteles de mi padre.

–Tenéis problemas, Laney. Tú lo sabes y yo también. Tu padre no pudo solucionarlos y dudo mucho que tú puedas hacerlo –le espetó él–. La cadena está perdiendo dinero. Os hundiréis si no haces algo, y pronto. Te estoy ofreciendo una forma de salvar el negocio…

–Mi repuesta es no.

Evan sacudió la cabeza como si fuera una niña que no entendía un sencillo problema de matemáticas.

–La oferta está sobre la mesa. Pero volveré –Evan se dirigió hacia la puerta, pero se volvió antes de salir–: Y solo para tu información, yo recuerdo todo lo que pasó en la isla.

# Capítulo Cuatro

Laney observaba a Julia comerse un montón de patatas fritas sin pestañear. Estaban en un café a la orilla del mar, el sábado por la tarde. Con el estómago encogido, Laney miró su sándwich vegetal y se preguntó si podría comérselo.

–No has probado bocado, Laney. Y yo estoy terminando –protestó su amiga–. Parece que estoy comiendo por dos. Por ti y por mí.

Laney se llevó una mano al estómago.

–No, tú no tienes que comer por dos. Yo sí –dijo, intentando sonreír.

–¿Qué?

–Me parece que estoy embarazada, Jules.

–¿Te parece que estás embarazada?

–Tengo todos los síntomas. Nunca me había sentido así. Ni siquiera cuando me escapé de la iglesia tras el fiasco de Justin. Los mareos, la falta de apetito… y no me ha venido el período. Tengo cita con mi ginecólogo la semana que viene.

–Pero pensé que Justin y tú habíais decidido… esperar hasta la boda. ¿Vas a contárselo?

Laney negó con la cabeza. No quería ni pensar en Justin. Estaban tan ocupados organizando la boda que apenas se habían visto durante esas semanas. Y no mantuvieron relaciones sexuales. Ahora, pensó Laney, irónica, podía añadir a Evan Tyler a su lista de hombres a los que quería olvidar.

–Lo haría si fuera su hijo.

Julia la miraba con tal cara de susto que Laney le contó toda la historia sobre el misterioso hombre de Maui.

Eran tan amigas que no se dejó nada en el tintero.

–Dios mío…

–Lo sé. También yo estoy sorprendida. Siempre usamos protección.

–Entonces, ¿qué pasó? Quiero decir ¿cómo pasó?

–Bueno, hubo una ocasión… en la ducha. El resto de las veces tuvimos mucho cuidado.

Julia se hundió en su silla.

–¿Por qué no me lo contaste cuando volviste de Maui?

–Entonces no lo sabía. Había sido… una aventura loca. No quería volver a pensar en ello.

En realidad, no había dejado de pensar en ello, pero eso era algo que no podía contarle a nadie.

–¿Y qué piensas hacer?

–Nada. No pienso hacer nada.

Julia parpadeó.

–¿Nada?

–Ahora mismo no puedo ni pensar en ello. Con todos los problemas que tengo…

–Pero puede que tengas que pensar en un niño, cielo. Eso también es importante.

–Lo sé. Y si estoy embarazada lo tendré –murmuró Laney, llevándose una mano protectora al abdomen–. Estoy intentando acostumbrarme a la idea, pero la verdad es que siempre he querido tener hijos.

–Ya lo sé. Pero, ¿qué pasa con el padre?

–No quiero pensar en él. Yo creo que fue el responsable de la muerte de mi padre.

–¿Qué?

–Fue la última persona a la que vio mi padre antes de sufrir el infarto. No tiene corazón, es un... Ya pensaré en él más tarde, cuando tenga que tomar una decisión. Por el momento, solo lo sabemos tú y yo. Y quiero que siga siendo así.

–Muy bien. Eso es lo que hacemos siempre ¿no? Compartir nuestros secretos –sonrió su amiga–. Pero exijo ser la madrina del niño. ¿Me lo prometes?

–Te lo prometo –Laney se echó hacia atrás en la silla, dándole las gracias al cielo por tener una amiga.


Unos días después, Laney estaba intentando controlar un dolor de cabeza cuando Preston Malloy entró en su despacho.

–Preston, por favor, cierra la puerta. Acabo de saber que ha habido una inundación en el Royal Phoenix.

–¿Los daños son cuantiosos? –preguntó él, con una calma que para ella desearía.

–El primer piso, que acababa de ser reformado, ha quedado destrozado. La nueva moqueta, los muebles, todo… necesito que compruebes si estaba asegurado. Puede que tengamos una nueva demanda entre manos… La compañía de seguros debe estar contentísima con nosotros. El director del Royal Phoenix cree que la culpa ha sido de una cañería defectuosa.

–Muy bien, lo comprobaré.

–Tenemos que hacer lo que sea para que el agua no llegue al vestíbulo. Tú sabes lo orgulloso que estaba mi padre de ese hotel… decía que

era el mejor de todos. Había encargado escul-
turas y cuadros especialmente para la entrada...
Estoy rezando para que nada de eso haya quedado destruido.

Preston asintió con la cabeza.

—No te preocupes, Elena. Yo me encargo de
todo. ¿Vas a estar aquí esta tarde?

Laney suspiró.

—No, esta tarde tengo una cita fuera de la oficina y no puedo cancelarla. No te dejaría solo
con este lío si no fuera importante.

Él sonrió.

—No te preocupes, yo me encargo de todo.
Puedes contar conmigo.

—Eso hago —suspiró Laney—. Pero llámame si
descubres algo sobre Phoenix. Puedes llamarme
a casa esta noche.

Tres horas después, el humor de Laney había
pasado de malo a pésimo. Había visitado a su
ginecólogo y, sin la menor duda, estaba embarazada de seis semanas. Las pruebas de embarazo
que se había hecho en casa no la habían engañado.

Y eso significaba que Evan Tyler era el padre
de su hijo.

Laney conducía por la 405 en estado de
shock. Lo había sospechado, pero cuando el mé-

dico anunció: «Estás embarazada», el impacto de la situación la golpeó como una bofetada. El niño nacería durante la primavera. Su niño. La realidad de que en menos de ocho meses tendría a su hijo en brazos le parecía… abrumadora.

Estaba embarazada de verdad.

Unas semanas antes de la muerte de su padre, había concebido un hijo. Pero Nolan Royal no lo sabría nunca porque Evan Tyler, el padre de ese niño, podría ser el responsable de su muerte.

Los ojos de Laney se llenaron de lágrimas. Las apartó rápidamente de un manotazo para aclararse la visión, pero no podía apartar el dolor de haber perdido a su padre.

–Te echo de menos –murmuró, apretando el volante.

Podría no haber sido un padre perfecto. Esperaba tanto de ella… pero la quería mucho. Era como si, tras la muerte de su esposa, hubiera puesto todo su amor en ella. Y esperaba de Laney la misma devoción.

Pero su padre y su madre se habían ido y saber que estaba sola en el mundo, salvo por algunos parientes lejanos, la entristeció de una manera terrible.

Cuando el estómago le empezó a rugir de

hambre se dio cuenta de que no estaba sola. Un niño estaba creciendo en su interior. Laney sonrió. A pesar de todo, querría a aquel niño. Y serían una familia.

Salió de la autopista en Sunset Boulevard y se dirigió hacia su casa en Brentwood para meterse en una bañera de agua caliente y comer algo después. O intentarlo al menos. Pulsó el botón que abría la puerta del garaje justo cuando otro coche se detenía en la entrada. Laney salió del garaje y miró con curiosidad al hombre en vaqueros y camiseta que acababa de salir de un deportivo...

Por un segundo el corazón se le aceleró al recordar aquellos paseos por la playa con aquel guapísimo extraño. Pero cuando miró hacia abajo descubrió algo que la sorprendió todavía más.

—¿Botas?

—Nacido en Texas.

—¿Me estás siguiendo?

—No. Ha sido una coincidencia —sonrió Evan.

—No lo creo. Y no tenemos nada que decirnos, señor Tyler.

—¿Señor Tyler otra vez?

—No voy a dejar que compre la empresa de mi padre, así que, por favor, salga de mi propiedad.

—Tienes que entrar en razón, Laney. Ven a dar

un paseo conmigo. Iremos a charlar a algún sitio tranquilo…

–Evan, por favor, déjame en paz.

–Entiendo que ahora mismo estés disgustada conmigo y…

–¡Mi padre acaba de morir! Y tú eres la última persona que lo vio con vida. No sabes cómo siento haberte conocido y…

–Por favor, cálmate –le rogó él–. ¿Qué te pasa? Estás muy pálida.

–Es culpa tuya.

–Laney, por favor…

–Quiero saber qué le dijiste a mi padre ese día.

–Y yo quiero hablar contigo sobre la cadena de hoteles Royal. Parece que los dos queremos algo, ¿no? Como ahora no es buen momento para ti, ¿qué tal si cenamos juntos mañana y contesto a todas tus preguntas?

Laney vaciló. Necesitaba darse un baño y comer algo. Tenía que cuidar de sí misma. Lo que no quería era tener un ataque de nervios delante de Evan Tyler. No dejaría que la viera así.

–Muy bien. Pero será una cena rápida.

–Vendré a buscarte a las ocho. Y no llevaré las botas.

Laney lo vio alejarse en el coche sintiendo…

un millón de complejas emociones. Recuerdos del misterioso extraño al que había conocido en la playa no dejaban de aparecer en su cabeza. Pero Evan Tyler no era más que un frío hombre de negocios dispuesto a quedarse con la empresa que su padre había levantado trabajando durante toda su vida.

–Bueno, cariño –murmuró, tocándose el abdomen–. Ese era tu padre.


Evan entró en el aparcamiento del Tempest y aparcó el coche en su espacio personal sin dejar de pensar en Laney Royal. Cuando debería estar pensando en cómo convencerla para que le vendiese la cadena de hoteles, en lo único que podía pensar era en cómo podía meterla en su cama.

Había algo sorprendente en la bella señorita Royal. Quizá era el reto que representaba para él. Quería su empresa, pero después de pasar unos días con ella había descubierto que no le importaría disfrutar de otros beneficios.

Laney había conseguido curar su aburrimiento en el Wind Breeze, rompiendo la rutina del trabajo y permitiéndole momentos de relajación. Y cuando no estaban relajándose estaban haciendo el amor.

Evan intentó olvidar las imágenes de su hermoso cuerpo desnudo sobre la cama. Cada vez que pensaba en ella de esa manera, su pulso alcanzaba una velocidad preocupante.

Y Laney no podía soportarlo, evidentemente. Parecía creer que había tenido algo que ver con la muerte de su padre.

Evan bajó del coche con el maletín en la mano y se dirigió a su ático. ¿Cómo podía pensar eso?

Seguía de mal humor cuando abrió la puerta y se encontró con su madre y sus dos hermanos en la terraza, abriendo una botella de champán.

−¿Y esta sorpresa? Qué alegría verte, mamá.

−Tus hermanos me han traído sin decirte nada. ¿Se te ha olvidado que hoy es tu cumpleaños, Evan?

−Ah, es verdad −sonrió él−. Es que he estado muy ocupado últimamente. Pero habíamos decidido celebrarlo el mes que viene en Florida, cuando tú cumplas…

−No lo digas −lo interrumpió su madre.

−Te arriesgas a perder la vida −rio Brock.

−Tonterías. No me da ninguna vergüenza cumplir sesenta años −protestó ella−. Pero hoy es tu cumpleaños y tus hermanos me han dicho que trabajas demasiado, cariño.

–Estoy intentando cerrar un trato que pondrá a Tempest en primera línea, mamá.

Rebecca Tyler sonrió, dejándose caer sobre una silla.

–Me siento tan orgullosa de vosotros, hijos. De los tres. Solo esperaba…

No terminó la frase, pero los tres sabían a qué se refería. Evan miró a Brock, que miró a Trent que, a su vez, miró a Evan. Ninguno de los tres quería mirar a su madre a los ojos.

–¿Cuántos años cumples, Evan, treinta y tres? –bromeó Trent.

–Si tú lo dices.

–Trent, tú sabes que tu hermano cumple treinta y dos. Todos mis hijos se llevan dos años.

–Sí, pero Evan es el mayor –dijo Brock. Y aquello empezaba a sonar como cuando eran pequeños y se señalaban el uno al otro después de alguna trastada.

–Por Evan –dijo su madre, levantando su copa–. Mi hijo mayor. Feliz cumpleaños, cariño.

Brock y Trent lo felicitaron también antes de tomar un sorbo de champán.

–Recuerdo el día que naciste. No parece que fuera hace tanto tiempo –murmuró Rebecca, pensativa–. Contigo lo pasé peor que con los demás. Antes de que nacieras no comía nada, sufría náuseas por las mañanas, apenas tenía apetito… El médico estaba preocupado porque perdí mucho peso… pero contigo el parto fue más rápido –su madre suspiró–. Y ahora eres el director de una gran empresa. ¿Os he contado que la hija de Larissa Brown va a tener otro niño y que su hijo pequeño se casa esta primavera?

–No, no lo sabíamos –sonrió Brock–. ¿Lo sabías tú, Evan?

Él negó con la cabeza, pero permaneció con la boca cerrada.

–Mamá, me han dicho que por fin vas a hacer un crucero –intervino Trent, para cambiar de tema.

–Sí, Larissa me ha convencido para que vaya con ella. Dice que no sé lo que me estoy perdiendo… tantas actividades, tantos bailes. Nos vamos en dos semanas.

Trent siguió preguntándole a su madre por las vacaciones para evitar que siguiera lanzando indirectas. Y Evan se lo agradeció. Nunca le había importado ser el mayor ni haberla ayudado a criar a Brock y a Trent, pero ahora Rebecca Tyler quería más de la vida. Y miraba a Evan para que moviese ficha.

Esa noche cenaron en The Palm, un restaurante conocido por su especialidad: langosta gigante de Nueva Escocia. Era el sitio favorito de su madre en Los Ángeles. En las paredes había caricaturas de personas famosas que frecuentaban el local y cada vez que iban Rebecca intentaba averiguar si habían añadido alguna nueva.

Estaban solo los cuatro y a Evan le gustaba así. A él no le iban las grandes fiestas. Eso era más del gusto de Brock. Trent y él llevaban el hotel Tempest en Texas, Nuevo México, Colorado y Arizona mientras Evan controlaba todos los hoteles de California, desde San Diego a Hollywood y San Francisco. También estaba a cargo de adquisiciones, siendo el mejor negociador de los tres. Y pronto añadirían el Maui Paradise a la cadena.

Pero Evan quería más. Quería los Royal. Si pudiera adquirir esos hoteles, la cadena Tempest se habría deshecho de su gran competidor. Y para ello solo tendría que hacer que Laney viera las cosas a su manera.

En realidad, estaba deseando volver a verla.

# Capítulo Cinco

Laney se apartó el pelo de la cara y lo sujetó con un prendedor de plata. Luego se puso un traje negro de chaqueta y falda por debajo de la rodilla. Era un traje de trabajo, no de placer. Apenas llevaba joyas, solo unos pendientes de diamantes que habían sido de su madre. Aquella cena con Evan Tyler sería una cena de negocios, nada más.

Ese era el plan hasta que abrió la puerta exactamente a las ocho en punto. Evan estaba al otro lado, la fantasía de cualquier mujer. Con un traje gris de corte italiano, el pelo oscuro echado hacia atrás y sin aquellas absurdas botas vaqueras, Laney no pudo evitar admirarlo.

–Me alegro de volver a verte –sonrió Evan. Y ella tuvo que contener un escalofrío de placer. Luego miró por encima de su hombro y vio una limusina negra en la puerta.

–Creo que habría preferido las botas.

–Entonces podemos pasar por mi casa un momento…

–No, gracias. Te recuerdo que esta es una cena de negocios.

Evan estudió las rubias ondas que ella había sujetado con un prendedor y luego la miró a los ojos. El corazón de Laney empezó a acelerarse. Y cuando él bajó la mirada hasta el escote de la blusa de encaje se dijo a sí misma que debía tener cuidado. No podía confiar en él.

–Estás muy guapa.

–No he intentado ponerme guapa.

–Lo sé. Es que no puedes evitarlo.

El halago se le subió a la cabeza, pero Laney se rebeló.

–Me parece que lo de ir a cenar juntos no es buena idea.

–Es muy buena idea. Trabajas demasiado y debes descansar un poco. Vamos a cenar y a charlar un rato, nada más.

–Muy bien, de acuerdo. Vamos a terminar con esto lo antes posible.

Evan le puso una mano en la espalda mientras se dirigían a la limusina y Laney aceleró el paso para apartarse.

–¿Te apetece un poco de champán? –sonrió Evan.

–No, gracias. No estamos celebrando nada, que yo sepa.

–En Maui no hacía falta celebrar nada para que tomases champán conmigo…

–Ese no eras tú, Evan.

–¿Cómo estás tan segura?

–Lo estoy –contestó ella, tirándose primorosamente de la falda.

Él la miró en silencio durante unos segundos.

–No tienes que taparte, Laney. Sé lo que hay debajo de ese traje. Y no estoy hablando solo de tu cuerpo.

–Claro, di eso ahora, cuando el coche va a cien kilómetros por hora y no puedo saltar.

Evan soltó una carcajada.

–Ah, veo que no has perdido el sentido del humor.

Laney se sentía orgullosa de sí misma por tratar así al despiadado y guapísimo Evan Tyler.

En su opinión, no era mejor que Justin Overton. Los dos hombres le habían hecho daño, pero Evan tenía la distinción de haber sido el responsable del infarto que mató a Nolan Royal. Y aunque fuera el padre de su hijo, también era su enemigo, un hombre en el que nunca debería confiar.

\*\*\*

Al principio, Evan había querido odiar a Laney Royal. Tenía que ser la niña mimada y rica de Nolan Royal, se decía. ¿Cómo iba a ser de otra manera? Pero, en realidad, era muy diferente a su padre, lo cual fue una sorpresa. La mujer del cuerpo hermoso y los preciosos ojos azules tenía sentido del humor y una buena cabeza sobre los hombros. En su búsqueda de información, Evan había descubierto que disfrutaba estando con ella en la isla.

Él quería sus hoteles y Laney no podía ni mirarlo a la cara. Lo miraba como si, de repente, fuera a echar fuego por la boca. Pero no era una damisela en desgracia. Había intentando convencerla de que le vendiera los hoteles sin éxito. Ahora tendría que apelar a sus emociones.

Cuando llegaron al restaurante, Evan tomó su mano, pero Laney se apartó.

Inmediatamente los llevaron hasta un reservado.

–Espero que le guste, señor Tyler –dijo Bradley, el maître.

–Es perfecto. Gracias.

Una bandeja de ostras y una botella del mejor vino blanco los esperaban. Fuera, las luces del restaurante iluminaban la playa. Las estrellas brillaban en el cielo y el calor del verano se filtraba por los ventanales abiertos… todo aquello era una pesadilla.

–Esto es muy bonito, Evan. Pero no me parece un sitio adecuado para tener una conversación de negocios.

–No te preocupes por eso.

Laney miró las ostras y todo el color de su cara se evaporó.

–¿Qué pasa? Pensé que te gustaban las ostras. En Maui…

–¡No sigas! –lo interrumpió ella–. Te agradecería que no me recordases nada de Maui.

–¿Por qué? ¿De qué tienes miedo?

–¿No querías hablar de negocios? Pues eso es lo que vamos a hacer.

–¿Antes de pedir la cena? Lo siento, cariño, pero tengo hambre. Hablaremos de negocios después de cenar.

Cuando llegó el camarero se mostró preocupado.

–¿Ocurre algo con las ostras, señor Tyler? Le aseguro que son de la mejor calidad…

–No, no se preocupe –le aseguró Evan, tomando un sorbo de vino–. Creo que ya podemos pedir.

El hombre sonrió mientras recitaba la lista de los platos especiales del día. Evan escuchaba, mirando a Laney de reojo. Laney, que se ponía más pálida a medida que el camarero describía los platos en detalle.

–Si me permites pedir por ti, creo que el pez espada…

–Yo solo quiero una ensalada verde –le interrumpió ella.

–¿Ensalada verde?

El camarero se echó hacia atrás como si lo hubiera abofeteado.

–Puedo sugerir una ensalada de langostinos y gambas con crema de langosta…

–No, por favor, una ensalada verde… sin crema alguna –lo interrumpió Laney.

Evan miró al camarero.

–Tráiganos una ensalada y dos platos de pez espada. Voy a ver si puedo hacer que la señorita cambie de opinión.

–Sí, señor Tyler –murmuró el hombre, alejándose con expresión compungida.

–No me digas que estás a dieta –sonrió Evan.

Laney miró por la ventana, fingiendo estar muy interesada en el paisaje.

–No, pero no tengo hambre.

–Has perdido peso, Laney. Sigues guapísima, pero…

–Es el estrés.

–Y para eso estoy yo aquí, para aliviarte el estrés.

–¿No me digas?

–Toma un poco de vino. Relájate.

–No, yo no… –Laney no pudo terminar la frase. Empezaba a sentirse realmente angustiada.

–Por favor, escúchame. Tus hoteles se están hundiendo…

–Lo sé perfectamente.

–Deberías vender la cadena mientras puedas conseguir algún beneficio.

–La situación no es tan mala.

–A lo mejor tú no conoces todos los datos.

–Los conozco perfectamente –replicó ella.

–Tu padre no habría querido que su empresa se hundiera, Laney. Estoy seguro de que habría preferido que los vendieras antes que ver su reputación destrozada. Tu padre deseaba salvarlos… por eso quería que volvieras a casa. No confiaba en nadie más que en ti. Él no querría que sufrieras, Laney. Y no querría que te arruinases.

–No me voy a arruinar, Evan. No exageres.

La ensalada llegó en ese momento, y Laney dejó de hablar mientras el camarero dejaba los platos sobre la mesa. Evan la observó tomar una hoja de lechuga con el tenedor… y dar vueltas en el plato. Pero no probó bocado.

—Te arruinarás si los hoteles siguen perdiendo dinero.

—Que yo sepa, tú podrías ser el responsable de todos nuestros problemas.

—¿Yo?

—Sí, tú. ¿Tanto los deseas?

—Si creyeras eso de verdad no estarías cenando conmigo —suspiró Evan—. No, creo que quieres oír lo que tengo que decirte.

—No sé si te creo, pero tengo que saber qué ocurrió entre mi padre y tú ese día. Y quiero que me digas la verdad.

Laney no lo creía. Sentada en la limusina después de la cena, recordando lo que le había dicho, miró por la ventanilla para no tener que soportar la mirada de Evan Tyler.

Según él, había sido una simple reunión de negocios. Evan no había dicho nada fuera de lo normal. Le había hecho una oferta y estaba dispuesto a negociar. Incluso le había ofrecido a su padre un puesto ejecutivo en la empresa.

Laney podía imaginar cómo se habría tomado eso su padre. Y mientras hablaba, se daba cuenta de que Evan intentaba disimular el odio que sentía por Nolan Royal. Había hecho los deberes y sabía que Evan y sus hermanos habían estado intentando comprar la cadena Swan durante algún tiempo. Igual que su padre, que al final había conseguido el trato. Los Tyler habían cortejado al señor Swan y se habían gastado una gran cantidad de dinero intentando convencerlo para que vendiera. Querían ampliar su negocio, pero su padre guardaba un as en la manga que no conocía nadie más que él.

Sus tácticas dejaban mucho que desear, sí. Pero Nolan Royal había logrado levantar su empresa trabajando y sabía cómo pelear sucio cuando hacía falta. Por lo visto, sabía algo sobre Clayton Swan que Clayton quería que permaneciese en secreto; algo personal y que podría comprometer su vida familiar.

Lo que Laney no sabía era si habría tenido que coaccionarlo. Quizá sencillamente le había hecho una oferta mejor. Era lo que quería pensar, claro. Pero eso significaba que los Tyler no habían conseguido el trato. Y si había algo que supiera sobre Evan era que no le gustaba perder.

–No pienso rendirme, Laney –dijo él cuando llegaron a su casa.

–Y yo no pienso vender, Evan –replicó ella.

No podía traicionar a su padre. Le había hecho una promesa y pensaba cumplirla. Trabajaría el doble para descubrir la causa de los problemas si hacía falta. Preston había aumentado la seguridad en los hoteles y la había convencido para que contratase a un investigador privado. Laney estaba segura de que pronto encontrarían la respuesta.

–Gracias por la cena –añadió–. Esto da por terminada nuestra conversación. Adiós.

Sería mejor no volver a ver a Evan Tyler a menos que fuera absolutamente necesario. No confiaba en él. No le diría nada sobre el niño. Tenía demasiadas preocupaciones en aquel momento…

En cuanto pisó la acera, su cabeza empezó a dar vueltas. Laney intentó apoyarse en el coche, pero se le doblaban las piernas.

–¿Qué te pasa? –exclamó Evan, saliendo de la limusina a toda prisa–. Laney… deberías haber comido algo.

–No, yo…

Evan buscó las llaves en su bolso y abrió la puerta. Mareada, Laney no podía discutir.

–Puedes… irte. Entraré sola…

–Sí, seguro.

–No te… he invitado.

Laney miró los ojos oscuros de Evan durante un segundo y después todo se volvió negro.

Evan la llevó en brazos al dormitorio y la dejó suavemente sobre la cama.

–Laney… Laney, despierta.

Ella abrió los ojos.

–¿Qué… ha pasado?

–Te has desmayado. Pero enseguida te pondrás bien.

–Estoy bien –dijo ella, intentando incorporarse–. Ya puedes irte.

Evan la tomó por los hombros.

–No te muevas, no hagas nada. Espera, vuelvo enseguida.

Nervioso, entró en el cuarto de baño y metió una toalla bajo el grifo del agua fría. Mientras lo hacía, sin darse cuenta miró en la papelera que había bajo el lavabo.

En la papelera había una cajita… una prueba de embarazo. Evan miró la caja, atónito.

Y entonces todo empezó a tener sentido.

Laney estaba embarazada.

Las dos veces que se habían visto ella estaba pálida y parecía agotada. Muy diferente a la chica que había conocido en Maui. Y esa noche no había querido probar bocado, no había tomado alcohol…

¿Cómo no se había dado cuenta antes?

Laney decía que era estrés y él sabía que no era eso. Pero nunca habría imaginado que estuviera embarazada. Un hijo. Evan no podía creerlo. Si no se hubiera desmayado quizá no lo habría sabido nunca. Y tenía derecho a saberlo. ¿Cuándo pensaba contárselo?

Laney tenía los ojos cerrados cuando entró en el dormitorio. Suspirando, le puso la toalla en la frente y se sentó a su lado.

–Gracias –murmuró ella.

Evan miró aquella habitación tan femenina: un edredón rosa, cortinas de hilo blanco. En las paredes había fotografías en blanco y negro, en color, en sepia. Se había rodeado de todo lo que le gustaba. Esas fotografías, sus fotografías, contaban su historia mejor que nada. Su padre no había sabido ver su talento. Nolan Royal no conocía a la auténtica Elena.

Evan reconoció una de las fotos: una vista del Pacífico desde el cráter de Haleakala…

–¿Cuándo ibas a decírmelo?

–¿Decirte qué?

–Que vas a tener un hijo.

Laney abrió los ojos de golpe y, si pensar, se

llevó una mano al abdomen. Ese gesto lo decía todo.

—Estás embarazada, ¿verdad?

Ella asintió con la cabeza.

—¿De cuánto tiempo?

Laney tenía que saber qué le estaba preguntando. ¿Era él el padre? Después de todo, estaba prometida y a punto de casarse cuando se conocieron.

—De siete semanas.

Evan hizo la cuenta… habían estado juntos exactamente siete semanas antes.

—¿Estás segura?

—El ginecólogo me lo ha confirmado.

—¿Cuándo? ¿Desde cuándo lo sabes?

—Desde ayer.

Evan se levantó de golpe, paseando por la habitación para controlar su rabia.

—Me has visto dos veces desde ayer y no me habías dicho nada…

—Estaba intentando acostumbrarme a la idea.

—No es una idea, es un niño.

—Me refiero a ti, Evan. Me refiero a la idea de que tú eres el padre.

Evan soltó una palabrota y Laney se levantó, indignada.

—¡Estás en mi casa!

–Tenemos que hablar de esto.

–No estoy lista para hablar de ello…

–Entonces, hablaré yo. Quiero que nos casemos…

–¿Qué?

–En cuanto podamos arreglar los papeles. Celebraremos una ceremonia discreta y…

–¿Estás loco? No pienso casarme contigo.

–Esto no es negociable.

–¿Que no es negociable? Muy bien, te he mentido. El niño no es tuyo, es de Joe, el camarero del bar. ¿Te acuerdas de él?

–Sí, claro que me acuerdo. Su mujer, Tessie, también trabajaba en el Wind Breeze y no se apartaba de su lado. Buen intento, Laney.

Ella puso los ojos en blanco.

–Por favor…

–No lo niegues, el niño es mío –Evan estaba completamente seguro de eso–. Y te casarás conmigo.

–Harías cualquier cosa con tal de poner tus manos en la cadena de hoteles Royal, ¿verdad?

–Si no recuerdo mal, tú pusiste tus manos sobre mí sin ningún problema más de una vez en Maui. Así que no vayas por ahí señalando a nadie con el dedo. Los dos somos responsables de esto.

–Y yo estoy dispuesta a aceptar la responsabilidad –replicó Laney–. Tú quedas eximido de todo…

–¡De eso nada! Y tú sabes muy bien que esto no tiene nada que ver con los hoteles. Vas a tener un hijo mío y quiero que lleve mi apellido. Pienso cuidar de ti mientras estés embarazada…

–¿Qué quieres decir, que no sé cuidar de mi hijo?

–No lo sé. Demuéstramelo.

–¿Cómo?

–Casándote conmigo.

–Mi respuesta es no –contestó ella.

Evan la fulminó con la mirada. Si lo que quería era una pelea, la tendría.

–Mi hijo llevará mi apellido y tendrá mi protección. Y si no aceptas esta propuesta, te garantizo que la cadena de hoteles se hundirá, Laney. Estás hasta el cuello de deudas. Yo rescataré tu empresa... la empresa de tu padre.

–No necesito…

–¿Quieres o no quieres salvar los hoteles Royal?

# *Capítulo Seis*

Dos semanas después, Laney sujetaba con una mano un ramo de fragantes gardenias blancas y con la otra se agarraba a Julia como un nadador aferrándose a un salvavidas.

–No puedo creer que me haya casado con él.

Julia la abrazó, hablándole al oído en el vestíbulo del ayuntamiento de Beverly Hills.

–Lo haces por el niño, cielo. Vas a darle el apellido de su padre y vas a salvar la empresa del tuyo al mismo tiempo.

Aunque seguía sin estar convencida, Laney asintió con la cabeza. Evan, mientras tanto, estaba estrechando la mano de su hermano Trent, que había ido desde Texas para la boda y se marcharía esa misma noche. Evan y Laney habían acordado que cada uno tendría un testigo en la ceremonia civil, y Trent había sido el hermano al que le tocó en suerte. La elección de Laney fue mucho más fácil. No podía imaginar aquel día sin Julia a su lado.

–Pero quizá el precio sea demasiado alto –murmuró.

–Laney, míralo. No es precisamente un ogro. Es guapísimo, inteligente… y yo tengo la impresión de que esto podría funcionar.

–Yo no.

–Pero ha prometido sacar a los hoteles Royal de la ruina y ha aceptado tus términos en el acuerdo prematrimonial. Tú seguirás siendo la propietaria de la cadena. Y si quieres que te diga la verdad, yo creo que solo quiere un sitio en la vida de su hijo. Además… tiene un hermano guapísimo.

Laney miró a Trent y soltó una risita.

–Si te gustan altos, morenos y con sombrero…

–¿Cómo no va gustarme un hombre que lleva un Stetson en Los Ángeles?

Pero a Laney le parecía que Evan era el más guapo de los dos. Con traje oscuro, camisa blanca y corbata de seda gris tenía un aspecto atractivo, elegante y… seguro de sí mismo.

Maldito fuera.

Había intentado resistirse a sus proposiciones, pero él era muy persistente. Estaba claro que no pensaba dejar que le apartase de la vida de su hijo.

Además, había habido un nuevo y costoso accidente en otro de los hoteles de la cadena desde que descubrió que estaba embarazada. Laney y su equipo habían hecho lo imposible para encontrar una solución, pero entre los mareos, las llamadas de Evan y las montañas de papeles, Laney supo que no podía hacerlo sola.

Lo había pensado mucho y, al final, decidió que criar sola a un niño en aquella situación sería un desastre. Además, no podía negarle a su hijo una vida familiar. Aunque solo fuera de nombre.

Evan había conseguido convencerla de que casándose con él se solucionarían todos sus problemas, y ella tenía que cumplir la promesa que le había hecho a su padre: salvar la cadena de hoteles Royal.

Evan incluso le había mostrado informes de su empresa y el balance de beneficios.

Laney sabía que era un hombre de negocios sensato.

Pero no pensó que acabaría casándose con él.

Y seguía pensando que Evan estaba detrás de los problemas de la cadena. ¿Sería él quien estaba saboteando la empresa? ¿Se habría casado con el enemigo?

Tener un hijo lo complicaba todo de tal manera… ¿cómo podía confiar en Evan Tyler, el hombre con el que acababa de casarse?

Mientras salían del ayuntamiento, Evan la sujetaba firmemente del brazo.

–Sonríe –le dijo al ver a los periodistas en la puerta.

–¿Qué? –murmuró ella, atónita.

–¿Cuándo se conocieron? –preguntó uno de los reporteros.

–¿Qué significa esta unión para la cadena de hoteles Tempest?

–Señora Tyler, hace un par de meses estaba usted prometida con otro hombre. ¿Por qué este matrimonio apresurado?

–Mi mujer no quiere hacer comentarios –contestó Evan–. Yo contestaré por los dos. Laney y yo nos conocimos hace tiempo. Su compromiso con Overton fue un error. Hemos decidido casarnos porque… no podemos vivir el uno sin el otro –añadió, mirándola a los ojos–. Creo que eso lo dice todo. Y en cuanto a los hoteles, mi esposa seguirá siendo la propietaria de la cadena de hoteles Royal y yo estaré a su lado ayudándola a dirigirla. Los Royal y los Tempest seguirán funcionando por separado. Nuestro matrimonio no es una fusión comercial.

–¿Y por qué una ceremonia civil, casi en secreto?

–No ha sido un secreto –contestó él–. Mi oficina envió un comunicado de prensa. Por eso están ustedes aquí. Además, el padre de mi esposa acaba de fallecer. No queríamos organizar una gran ceremonia en un momento en el que estamos de luto. Nolan Royal se merece respeto.

Evan contestó un par de preguntas más con ingenio y encanto, protegiéndola en lo posible de los fotógrafos. Laney lo observaba todo, sorprendida. Parecía controlar la situación sin ningún problema.

–Creo que ya les hemos contado todo lo que necesitan saber. Y ahora, si nos perdonan, nos vamos de luna de miel.

–¿Adónde piensan ir? –preguntó uno de los periodistas.

–Sin comentarios –contestó Evan, mientras la llevaba hacia la limusina.

Una vez dentro, junto con Julia y Trent, Laney se volvió hacia él. Lo último que esperaba era encontrarse con una docena de reporteros el día de su boda.

–Tú los llamaste. Tú sabías que estarían aquí. ¿Por qué demonios has hecho eso?

Evan le puso una mano en la rodilla.

–La primera regla del negocio, cariño: enviar el mensaje alto y claro.

–¿Qué mensaje?

–Si alguien se mete con Royal o contigo, tendrán que vérselas conmigo.

Trent estiró las piernas.

–Evan tiene fama de ser…

–¿Despiadado? –le interrumpió Laney–. Lo siento. No debería haber dicho eso.

–Acepto tus disculpas –sonrió Evan, apretándole la mano.

Se había disculpado con su hermano, no con él, pensó Laney, irritada. Pero no quería apartar su mano delante de los demás.

–Yo creo que estáis hechos el uno para el otro –dijo Trent entonces–. Pero lo que iba a decir es que Evan tiene fama de ser una persona muy tenaz. No es un hombre al que se pueda traicionar fácilmente.

Laney lo imaginaba. Y por eso no podía dejar de pensar que él era el responsable de la muerte de su padre. Desde luego, siempre tenía un as en la manga. Al menos podía haberle dicho que iba a llamar a la prensa. Lo último que ella necesitaba era la atención de los medios. Había hecho todo lo que pudo para evitarla tras su ruptura con Justin Overton, pero Evan había dejado que la prensa se metiera en sus vidas…

Laney apretó los labios, pero se guardaría la ira para cuando estuvieran solos.


Trent levantó su copa de champán.

–Por mi hermano Evan y su bellísima esposa, Laney. Y por el niño que me llamará tío Trent. Enhorabuena.

Julia levantó su copa también mientras Evan y Laney levantaban sendos vasos de agua.

Después del brindis, los cuatro se quedaron en silencio, incómodos. Estaban en un exclusivo restaurante de Santa Mónica donde Trent había insistido en celebrar la boda y Laney no supo cómo negarse.

–¿Desde cuándo sois amigas, Julia?

–Desde que éramos pequeñas. Incluso antes, ¿verdad, Laney?

–Sí, nuestras madres ya eran amigas.

Julia soltó una carcajada.

–En realidad, no pudimos hacer nada. Menos mal que nos caímos bien desde el principio.

Laney sabía que Evan estaba observándola. Sin mirarlo, sentía sus ojos clavados en ella. Aquel hombre que había sido un bálsamo en

Maui, con el que se había mostrado completamente desinhibida... ahora era su marido.

Después de decirle adiós en la habitación pensó que jamás volvería a verlo. Pero ahora estaba allí, casada con él y esperando un hijo suyo.

Si pudiera mirarlo sin dudas en el corazón. Si pudiera bajar la guardia. Pero había aprendido una buena lección con Justin y con él y no volvería a dejarse engañar.

—¿Ocurre algo? —le preguntó Evan.

—Lo mismo de siempre —contestó ella, mirando la tarta nupcial con cara de asco.

—Pareces cansada, cariño —sonrió Julia.

—Estoy bien, Jules. Es que ha sido un día muy largo.

Evan asintió, dejando la servilleta sobre la mesa.

—Sí, es hora de volver a casa. Por favor, quedaos a tomar una copa. Y gracias por todo. Algún día yo haré lo mismo por ti, Trent.

La mirada divertida de su hermano les dijo lo que pensaba de esa idea.

—Felicidades, Evan. Y Laney, bienvenida a la familia. Cuida de mi hermano. El pobre ya tiene suficientes problemas. Mi madre lo va a matar por no decirle nada de la boda.

Evan hizo una mueca. De verdad lamentaba

no haber podido contar con su madre, pero la situación…

–Se lo explicaré todo cuando vuelva del crucero.

–Sí, ya –sonrió Trent–. No te preocupes por nosotros. Yo llevaré a Julia a casa… si a ella le parece bien, claro.

–Por supuesto –sonrió Julia–. Te lo agradezco de corazón.

Después de despedirse, Evan tomó a Laney del brazo y salieron del restaurante.

Para empezar su vida de casados.


Laney miró el perfecto diamante de cuatro quilates en forma de pera que Evan le había puesto en el dedo durante la ceremonia. El detalle la había sorprendido, aunque ahora, en el espacioso ático de su marido en el centro de Los Ángeles, apenas podía creer que estuviera casada con él.

El ático estaba decorado de una forma muy masculina, con muebles oscuros y paredes blancas. Los cuadros eran de pintores modernos y las habitaciones estaban casi vacías, salvo por los muebles más necesarios.

El contraste entre los Royal y los Tempest estaba básicamente en la decoración. Los Royal eran conocidos por su decoración clásica y su atención al detalle, los Tempest por su diseño contemporáneo. Las dos cadenas eran tan diferentes como el día y la noche. Como Laney y su marido, pensó solemnemente.

—Esta será una residencia temporal. El niño necesitará un jardín donde jugar.

—Yo tengo jardín.

—Pero tu casa es muy pequeña para una familia. Nos hará falta más espacio.

¿Familia? Laney temblaba de pavor por dentro. ¿De verdad esperaba que fueran una familia normal? ¿Esperaba paseos por el parque y un final feliz?

¿Esperaba que tuviesen más hijos?

Laney se había casado con Evan para que su hijo tuviera una familia. Se había casado con él para no perder la cadena de hoteles que había fundado su padre y para cumplir la promesa que le había hecho. Pero no estaba segura de que aquel matrimonio durase un año entero. Evan solo se había casado con ella por el niño. Y ella podría decir lo mismo.

—Nos mudaremos lo antes posible —dijo Evan, dirigiéndose hacia el bar.

—Si lo hacemos será por consentimiento mutuo. No me gustan las sorpresas, Evan. No vuelvas a hacer algo sin consultarme.

–¿A qué te refieres?

–A los fotógrafos. Podrías haberme informado de tus planes.

–¿Y qué habrías dicho?

–Que prefiero no ver mi fotografía en todos los periódicos.

–Ya te he explicado las razones –Evan se sirvió un vaso de whisky.

–Yo soy la mitad de esta sociedad. No lo olvides.

–Esto no es una sociedad, Laney. El acuerdo prematrimonial se ha encargado de dejar eso bien claro. Esto es un matrimonio. Ahora eres mi mujer.

–Me has chantajeado para que me casara contigo.

Evan negó con la cabeza.

– Solo te dije la verdad.

–Te ofreciste a salvar la cadena de hoteles Royal y yo acepté. Tú sabías lo desesperada que estaba.

–Yo siempre consigo lo que quiero, cariño –sonrió él–. Y eso no es malo –añadió, inclinándose para buscar sus labios.

Laney dio un paso atrás.

–¿Qué haces?

–Besar a mi mujer –contestó Evan, buscando sus labios de nuevo.

Sabía a whisky y a… poder. Laney, sin pensar, dejó que la besara, sus labios abriendo expertamente los suyos, haciéndola recordar cosas que no debía recordar…

Evan le acariciaba los pezones por encima de la tela del vestido, rozándola con el pulgar perezosamente, creando una ola de escalofríos que la sacudían por entero.

Cuando se apartó para mirarla a los ojos, a Laney le daba vueltas la cabeza. Qué fácil sería olvidar quién era y cómo la había manipulado. Qué fácil sería caer víctima de esos ojos penetrantes.

Pero Laney no pensaba olvidar.

–Estoy cansada. Necesito acostarme un rato. ¿Cuál es mi habitación?

–He dejado tus cosas en el dormitorio principal –contestó él, haciéndole un gesto para que lo siguiera–. Aquí es.

–Muy bien.

Aunque le gustaría dormir en su propia cama, tenía que aceptar que ahora era una mujer casada. Y lo lógico era que viviese con su marido.

Evan no había querido aceptar que vivieran

por separado. Laney había intentado convencer-lo, pero sabía que esa era una pelea que no iba a ganar.

–¿Dónde vas a dormir tú?

Evan sonrió, genuinamente divertido.

–Descansa un poco, cariño.

Luego salió del dormitorio y, en cuanto desapareció por el pasillo, Laney cerró la puerta.


Evan se quitó la chaqueta y tiró la corbata sobre el sofá de la terraza mientras hablaba con Brock por el móvil.

–Sí, eso es. Llama a Landon. Necesitamos a alguien que investigue la infraestructura de los Royal.

–El equipo de seguridad de Landon es el mejor.

–No quiero a su equipo, lo quiero a él personalmente. Ofrécele lo que haga falta.

Brock lanzó un silbido.

–Vas en serio, ¿eh?

–¿Cuándo no he ido en serio en algún negocio?

–Sí, bueno, hablando de eso… ¿qué haces perdiendo el tiempo conmigo? ¿No te has casado con una rubia esta tarde? ¿No es esta tu noche de bodas? ¿O es que la luna de miel ya se ha terminado?

No era el calor de la noche lo que le hacía sudar, era el recuerdo de Laney durmiendo en su cama…

–Deja que yo me preocupe de mi luna de miel, Brock. Tú llama a Landon y cuéntale mis sospechas sobre la cadena Royal. Y dile que me llame mañana a primera hora.

–Muy bien, de acuerdo. Oye, Evan, ¿Laney sigue enfadada contigo?

–Este matrimonio no entraba en sus planes –suspiró él–. Ni en los míos tampoco.

–Y tampoco tener un hijo.

–No, pero tú y yo sabemos lo que es crecer sin un padre y no pienso dejar que ese niño pase por lo que pasamos nosotros. Quiero estar a su lado durante toda su vida. Laney tendrá que aceptar eso lo quiera o no.

–En fin, espero que salga bien.

–Así será, Brock.

Después de colgar, Evan terminó su copa pensando en Laney, tumbada en su cama, con el cabello rubio extendido sobre la almohada…

–Qué demonios –murmuró, dejando el vaso sobre la mesa. Cuando entró en el dormitorio, todo estaba en silencio. Laney, más guapa de lo que había imaginado, con un camisón azul, dormía con una pierna enredada entre las sábanas...

Evan se desnudó sin hacer ruido y se tumbó a su lado, respirando su perfume.

–¿Qué haces? –murmuró ella, medio dormida.

–¿Por qué no dejas de preguntarme eso?

–No quiero acostarme contigo.

–Sí quieres. Pero no esta noche, cariño –contestó él, masajeándole los hombros–. Relájate. Estás demasiado tensa. Pensé que estarías dormida.

–No es fácil relajarse después de un día como el de hoy –dijo ella, su voz más calmada ahora.

–¿Después de casarte con el enemigo?

–Sí –contestó Laney–. Casada con... el enemigo.

Evan siguió dándole un masaje y solo dejó de hacerlo cuando ella volvió a dormirse.

Nunca se había acostado con una mujer sin dormir con ella. Laney era su mujer, pero no podía tocarla durante su noche de bodas.

La ironía era increíble.

Y le sacaba de quicio.

# Capítulo Siete

Laney abrió los ojos y se encontró en una habitación que no conocía… la cama en la que estaba tumbada parecía tragársela entera. Nerviosa, apartó las sábanas… y entonces lo recordó todo.

Estaba en la cama de Evan Tyler, en el hotel Tempest. Se había casado con él.

–¿Has dormido bien?

Laney volvió la cabeza y se encontró con Evan… en calzoncillos. Acababa de ducharse y unas gotas de agua le rodaban por los hombros. Por un momento, se permitió a sí mismo recordar Maui. Pero no debía hacerlo…

–Sí, bueno, la verdad es que he dormido bastante bien.

–He puesto la mesa en la terraza. ¿Te apetece desayunar?

Laney asintió, pasándose una mano por el pelo. Al hacerlo se percató de que llevaba un anillo en el dedo… el anillo de Evan. Un hombre en el que no confiaba. Pero ahora tenían que fingir que todo era de lo más normal.

–Esto es un poco incómodo.

–Tampoco es exactamente una aventura de Disney para mí, cariño.

Laney saltó de la cama y se envolvió con la sábana.

–No ha sido idea mía. Yo tengo mi propia casa.

–Sigues sin entenderlo, Laney. Estás en tu casa.

–Esta no es mi casa. Nunca lo será para mí.

Evan apartó la sabana con la que se había tapado, exponiéndola en cuerpo y alma.

–Ha sido una noche de bodas infernal.

Laney temblaba. Temía que el deseo del hombre encendiera el suyo.

–Así es como tendrá que ser a partir de ahora.

–No puedo aceptar eso.

–Tienes que hacerlo. Es por…

Evan buscó sus labios apasionadamente y Laney le devolvió el beso, seducida por su experta boca, por el calor de su cuerpo, por los recuerdos de Maui.

Su sentido común batallaba por recuperar el control.

Le puso las manos en el torso e intentó empujarlo, pero no era capaz. Le gustaba tanto su piel…

Sin poder evitarlo, se derritió entre sus brazos.

–Ty… –Laney se apartó, atónita.

¿Por qué lo había llamado así?

–Hubo algo entre nosotros en la isla –susurró él–. No lo he olvidado.

–Todo era mentira. Eres un mentiroso.

–Mentí, sí. Pero no lo lamento.

Evan apartó las tiras del camisón y la prenda se deslizó por su cuerpo, pero quedó precariamente enganchada en sus pechos.

–Soy tu marido, cariño. Atrévete. Confía en mí.

Luego tiró del camisón hasta que Laney quedó expuesta ante sus ojos. Pero ella no pensaba mostrarse avergonzada.

–Me he casado contigo, pero nunca confiaré en ti.

Él la miró de arriba abajo, con los ojos oscurecidos de pasión.

–Hablaremos de eso más tarde.

Entonces volvió a besarla, con una urgencia y un ardor que Laney no podía rechazar. Cuando la tumbó sobre la cama, no protestó.

En ese momento, encontraba a su flamante marido fastidiosamente irresistible.

***

Minutos después, Evan la llevaba al borde del orgasmo, sus expertas manos y perfecta boca explorando su cuerpo con movimientos lentos y deliberados.

La aterciopelada erección rozaba su vientre y la húmeda entrada de su feminidad. Laney abrió las piernas para darle la bienvenida, sintiéndose como una traidora. Pero la sensación que experimentó cuando lo tuvo dentro la sorprendió. Era como si… como si hubiera estado esperándolo.

–Laney… me gustas tanto –murmuró Evan, con la cabeza baja.

Con el corazón acelerado y temblando, Laney no se atrevía a decir palabra. Pero sentía lo mismo. Físicamente, Evan Tyler era todo lo que una mujer podía desear.

Pero él no la dejó pensar. Se movía dentro de ella, llenándola, empujando suavemente, tomándose su tiempo, sus cuerpos ondulando al mismo ritmo. Un ritmo más lento que en Maui, como si entonces hubieran tenido prisa y ahora… ahora tuvieran todo una vida por delante.

Laney cerró los ojos. No quería pensar eso. Se había casado con el enemigo y tendría que lidiar con el sentimiento de culpa para siempre, pero ahora era el momento de disfrutar.

–Déjate ir, cariño –murmuró él cuando vio que se agarraba al borde de la cama–. Déjate ir.

Temblando, Laney no podía esperar más. La sensación era como si un muelle se hubiera soltado en su interior. Un muelle que provocaba olas de espasmos, contracciones internas que la hicieron morderse los labios para no gritar.

Evan siguió empujando, cada vez más fuerte. En su rostro una expresión de intenso placer, un deseo crudo y un gemido de satisfacción cuando llegó al orgasmo.

Por un momento, Laney saboreó el placer de ser ella quien lo llevaba a ese estado. Pero cuando Evan se apartó, se regañó a sí misma por el papel que había hecho.

Saciada, Laney respiró profundamente. Se sentía horriblemente culpable. Evan Tyler podría haber sido el responsable de la muerte de su padre. La había engañado y manipulado, asustándola con la situación de la cadena Royal para casarse con ella.

–Ahora eres mi esposa, en todos los sentidos.

–Eres un canalla –replicó Laney, levantándose a toda prisa–. Lo único que te interesa es la cadena Royal. Conseguir tu objetivo. Yo no soy para ti más que una transacción. No tienes corazón, Evan Tyler.

Evan se levantó con expresión airada. Desnudo frente a ella, sacudía la cabeza como si no creyera lo que estaba oyendo.

–¿De que estás hablando?

–Tú… solo estás interesado en conseguir lo que quieres. Y, desgraciadamente, yo soy lo que quieres.

–Cálmate, Laney. Acabamos de hacer el amor hace dos minutos…

–¡Estoy hablando de tus trampas! Solo querías consumar el matrimonio. Otra manera de asegurarte un sitio en la vida de mi hijo. No lo niegues, Evan. Porque ahora lo sé.

–Claro que quería consumar el matrimonio. ¿Cuándo vas a entenderlo? Estamos casados. Y eso significa que dormiremos juntos.

–Con otro hombre podría creerlo, pero contigo no. Puede que hayas conquistado mi cuerpo, Evan. Pero nunca conquistarás mi corazón. ¡Nunca!

–Yo nunca he dicho que quisiera tu corazón.

–No, claro, es verdad, tú solo estás interesado en los hoteles.

–Quiero que nuestro hijo venga al mundo con un padre y una madre –suspiró él–. Y ahora, relájate. Vamos a comer algo. Voy a vestirme y luego iré a la oficina...

–Puedes irte ahora mismo, no tengo intención de desayunar contigo.

Furiosa, se dirigió a la terraza para no estar a su lado. El niño necesitaba alimento y ella necesitaba conservar su energía. Nada era más importante que eso.

Después de desayunar y darse una ducha, Laney se vistió para ir a la oficina.

Tenía que dirigir un imperio hotelero.

Todo el mundo se acercó a su despacho para felicitarla por su reciente matrimonio.

Aparentemente, las fotos habían salido en todas las revistas y era el cotilleo oficial por los pasillos. Laney se llevó una mano al abdomen, un gesto protector hacia un niño que no tenía la culpa de nada...

–Elena, no puedo creerlo. ¿Te has casado con él? ¿Por qué? –Preston acababa de entrar en su despacho.

–Tenía mis razones –contestó ella, sin mirarlo.

–¿Has olvidado que Evan Tyler fue la última persona que vio con vida a tu padre? ¿Quién sabe lo que le diría?

Ally entró entonces con una bandeja en la mano.

–Perdón… te he hecho un té de hierbas. Y el chef Merino ha enviado tus pasteles favoritos de frambuesa.

Agradeciendo la interrupción, Laney le hizo un gesto a su secretaria para que lo dejara todo sobre la mesa. No quería pensar en las acusaciones de Preston. En realidad, ella tenía las mismas dudas sobre el hombre con el que se había casado, pero había hecho lo que había hecho por el niño y por el legado de su padre.

–Ally, gracias. Es justo lo que necesito ahora mismo.

La secretaria de su padre había estado cuidando de ella desde que Nolan murió.

–Voy a dejar aquí la bandeja y…

–No, quédate, por favor. Sentaos los dos. Quiero hablar con vosotros. Sé que debéis estar confusos por este matrimonio… pero os aseguro que no me he vuelto loca.

Preston apretó los labios.

–Elena, ¿qué otra cosa podemos pensar? ¿Qué razón podrías tener para casarte con Evan Tyler?

–Que voy a ayudar a mi esposa a levantar esta empresa.

Los tres se volvieron al oír la voz de Evan.

–¿Qué haces aquí? –preguntó Laney.

–Ahora divido mi tiempo entre los Tempest y los Royal. Tenemos que dejar los hoteles Royal funcionando como un reloj antes de irnos de luna de miel, ¿no?

–Sí, bueno...

Preston se levantó.

–Elena, ¿qué esta pasando aquí?

–Lo que está pasando es que Laney y yo somos un equipo ahora. Ally, hoy mismo traerán mi escritorio. Por favor, encárgate de que lo coloquen al lado del de mi esposa.

–¿Vas a trabajar aquí? –exclamó Laney.

–Es lo mejor. ¿No te parece, cariño?

Preston hizo una mueca.

Ally sonrió.

–Me gustaría hablar un momento con... mi marido –dijo Laney entonces–. A solas, por favor. Terminaremos esta conversación más tarde.

–Sí, claro. Enhorabuena –sonrió su secretaria.

Preston la felicitó también, aunque sin ganas, y estrechó la mano de Evan Tyler antes de salir. Evan tenía que admirar su buena educación. Evidentemente, para Preston Malloy era una amenaza. En todos los sentidos. Había visto a hombres celosos, pero Malloy parecía frustrado y protector al mismo tiempo.

–No vuelvas a hacer eso, Evan. Son mis empleados, no los tuyos.

– Solo quería dejar las cosas claras.

–No, lo que querías es demostrar que ahora eres el jefe, nada más.

–Sí, eso también. Quiero que la gente sepa que estoy aquí para quedarme. A partir de ahora, nada pasará por ti sin que yo lo haya visto primero.

–No tienes ningún derecho legal a hacer eso…

Evan soltó una carcajada.

–¿Ya estás recordándome el acuerdo prematrimonial? Pensé que tardarías algo más de veinticuatro horas. Sé perfectamente por qué te casaste conmigo, Laney.

Y, después de decir eso, inclinó la cabeza y la besó en los labios. El ahogado gemido de Laney lo excitó aún más. Riendo, le tiró del labio inferior con los dientes para meterle la lengua en la boca y ella dejó escapar un suspiro de placer.

Lo deseaba físicamente. Laney no podía esconderle eso. Ella lo había retado y él le había mentido: «Yo nunca he dicho que quisiera tu corazón».

Evan Tyler era un hombre de todo o nada. Quería a Laney, lo quería todo de ella, y haría lo que pudiese para hacerla cambiar de opinión. Era su esposa y él no se tomaba el matrimonio a la ligera. Tenían una responsabilidad: un hijo.

Y Laney Tyler, su esposa, no le diría que no ni fuera ni dentro del dormitorio.

# Capítulo Ocho

–Pensé que los problemas en los hoteles terminarían después de casarme contigo –dijo Laney una semana después.

–Trabajo rápido, cariño, pero no tanto. Tengo al mejor hombre de Los Ángeles investigando…

–Ya te dije que yo tenía mi propio investigador.

–Nadie es como Code Landon. Tiene un sexto sentido para estas cosas.

–¿Code? Por favor, suena como el nombre de un agente secreto de cómic.

–Pues te aseguro que Cody Nash Landon no es ningún personaje de cómic. Y siempre consigue lo que quiere. Eso es algo que tenemos en común.

Laney apretó los labios. Debía admitir que su marido había tomado las riendas de la cadena Royal y ya empezaba a notarse la diferencia. Claro que, al fin y al cabo, ese era su negocio. Pero aún no confiaba en él. Estaba segura de que pronto se delataría.

–¿Cuál de nuestros competidores ganaría más si Royal fracasara?

Evan hizo una mueca.

–¿Y si te dijera que el problema de los Royal es un sabotaje desde dentro?

–¿Cómo?

–Que alguien de la empresa es el responsable de todos esos accidentes.

–¿Qué? Imposible. Mi padre estaba orgulloso de la lealtad de todos sus empleados…

–Laney, eres una ingenua. Esto es un negocio y alguien tiene mucho que ganar si consigue cargarse la cadena Royal.

–Pero no puede ser. Han sido demasiados accidentes, todos diferentes… y siempre en distintos hoteles.

–No te preocupes. Yo averiguaré lo que está pasando.

–Es mi problema, Evan.

–Cariño, tú tienes problemas más importantes –sonrió él, quitándole el prendedor del pelo–. ¿Por qué te sujetas el pelo? Me gustas más con la melena suelta…

–¿Qué has querido decir con eso? ¿A qué problemas te refieres?

–Al niño. A ti y a mí… a nosotros.

–Nos hemos casado por el niño, Evan. No

hay un nosotros –replicó Laney, apartando la mirada.

«No olvides que él fue el último en ver a tu padre con vida». «¿Quién sabe si le dijo algo que le provocó el infarto?».

Esa misma pregunta la perseguía día y noche. Quizá nunca sabría la verdad. Quizá su matrimonio con Evan era el mayor error que había cometido en su vida. ¿Cómo podía planear un futuro con un hombre en el que no confiaba?

–Sí bueno… ¿no tenías una cita con el ginecólogo esta tarde? Yo te llevaré.

Laney no quería que lo hiciera. Las dudas se la estaban comiendo por dentro y no podía controlar el miedo de haber traicionado a su padre al casarse con Evan. Pero cada vez que la tocaba, el deseo se apoderaba de ella…

–No es necesario.

–Pero es que quiero ir. También es mi hijo.

Laney arrugó el ceño. Había esperado que lo exigiera, que se mostrase autoritario… En lugar de eso, casi estaba pidiéndole permiso.

–Sí, bueno, como quieras.


Más tarde, en la cama, Evan se colocó detrás de ella y le puso una mano en el vientre.

–Nuestro hijo…

–O hija.

–O hija –repitió él–. Según el ginecólogo, está muy sano o sana.

–Yo quiero a este niño, Evan –suspiró Laney–. Y pienso hacer todo lo que pueda para comer y descansar.

Él le apartó el pelo de la espalda.

–Estoy seguro de que el niño está encantado ahí dentro.

–Ha sido emocionante oír los latidos de su corazón, ¿verdad?

Jamás pensó que sería madre tan joven. Tenía planes para el futuro, pero… ni siquiera cuando estaba prometida con Justin planeó tener hijos tan pronto. Pero ahora, después de ver la ecografía, el instinto maternal se le había despertado. El niño crecía dentro de ella. Y el ginecólogo le había confirmado que todo parecía ir perfectamente.

Evan le pasó una pierna por encima y apoyó la barbilla en su hombro, suspirando.

–¿Evan?

–No pasa nada, cariño. Duérmete –murmuró él.

Los ojos de Laney se llenaron de lágrimas.

A veces, de verdad le gustaba su marido.

Y si lo intentaba, incluso podría convencerse a sí misma de que no estaba enamorándose de él.

Laney llevaba tres horas echando humo cuando Evan entró en su despacho.

–¡Esta vez has ido demasiado lejos! –le espetó, levantándose del sillón.

–¿De qué estás hablando?

Laney pasó a su lado para cerrar la puerta y se volvió, furiosa.

–¡Estoy hablando de hacer que investiguen a Ally! Ally, la secretaria y ayudante personal de mi padre. Una mujer que lleva quince años trabajando aquí. La que me llevaba de la mano a la cafetería cuando mi padre tenía mucho trabajo, la que me abrazaba cuando murió mi madre. La mujer que ha sido como una hermana para mí durante estos meses.

–¿Cómo lo has descubierto?

–Ayer te dejaste el maletín en el escritorio.

–¿Y te pusiste a investigar? ¿Sigues sin confiar en mí?

–Ese no es el asunto. No intentes darle la vuelta acusándome de…

–Ya sé que no confías en mí –la interrumpió

él–. ¿Quieres o no quieres salvar esta cadena de hoteles, Laney?

Ella se cruzó de brazos.

–Esa es una pregunta estúpida.

–Si has visto el informe sabrás que Ally tiene cosas en su pasado que no la convierten en una santa precisamente.

–No lo he leído todo, pero…

–Fue detenida en la universidad por conducta libidinosa…

–Por el amor de Dios… ¡estaba en una fiesta de primavera! Toda la universidad estaba de juerga. Llevaron a la mitad de los alumnos a la comisaría, sus padres pagaron una multa y se acabó. Ella misma me lo ha contado.

–Una vez la pillaron robando –insistió Evan.

–¿Qué, un paquete de chicles?

–No, algo más serio que eso. La pillaron robando ropa en una boutique.

–Ally tuvo una infancia difícil –replicó Laney–. Su madre la crio sola y tuvo que ponerse a trabajar desde muy joven para poder pagarse los estudios. Mi padre le dio una oportunidad hace quince años y no lo lamentó nunca.

–Por eso precisamente. Tu padre confiaba en ella y Ally podría usar eso en su contra.

–¿Por qué iba a hacerlo?

–No lo sé.

–¿Y si no lo sabes por qué la acusas?

Evan dejó escapar un suspiro.

–Muy bien, ¿puedes explicar las cantidades que ha ingresado a su cuenta corriente durante los últimos seis meses?

–¿Qué?

–Me has oído, Laney. Ally ha ingresado grandes cantidades de dinero en tres ocasiones. Sé lo que gana aquí. Un salario muy decente, pero no tanto como para hacer esos ingresos. Los problemas de la cadena Royal empezaron más o menos cuando ella hizo el primer ingreso... Y yo no creo en las coincidencias.

A Laney se le encogió el corazón. No podía ser.

–Tiene que haber una explicación...

–Ally trabajaba al lado de tu padre, lo sabía todo sobre el negocio. Seguro que sabe cosas de las que ni siquiera el vicepresidente tiene conocimiento.

–Sigo sin creerlo.

–Cariño, si quieres salvar esta empresa, tendrás que creer cosas que no quieres creer.

–Es imposible. Ally no haría...

Evan dejó escapar un suspiro.

–Curioso, ¿no? Prefieres confiar en una empleada que esconde secretos antes que confiar en tu propio marido.

Laney lo miró, pensativa. Tenía razón. Pero cada vez que le parecía que su matrimonio podría funcionar, él hacía algo que la obligaba a dudar de nuevo.

Evan la miró, sin poder disimular su amargura.

—Me gustaría que te tomases un par de días libres al final de la semana.

—¿Para qué?

—Es hora de conocer a mi madre.

# *Capítulo Nueve*

–Este es el mejor regalo de cumpleaños que podías hacerme, hijo –suspiró su madre, apretándole la mano a Laney.

Rebecca Tyler no sabía que Laney no quería ser parte de esa familia, pero Evan pensaba rectificar la situación lo antes posible.

–Una nuera y un nieto al mismo tiempo. Por fin puedo estar a la altura de mi amiga Larissa –rio Rebecca–. Pero sigo enfadada contigo por casarte sin decirme nada, Evan.

–Lo siento mucho, mamá.

–Yo también, señora Tyler –se disculpó Laney, más por la mujer que por Evan–. Todo ocurrió tan rápido… Al principio yo no quería casarme y, cuando por fin acepté, Evan decidió arreglar los papeles para que nos casáramos lo antes posible.

–¿Antes de que pudieras cambiar de opinión?

–Sí, bueno… Entonces no nos conocíamos demasiado bien.

–Os conocíais lo suficiente como para engendrar un hijo.

Laney parpadeó, sin saber qué decir. Pero Evan soltó una carcajada. Su madre tenía una forma tan directa de decir las cosas que a veces tampoco ellos encontraban respuesta.

–Yo sabía todo lo que tenía que saber sobre Laney, mamá. Nos conocimos en Maui. Yo estaba de vacaciones allí y…

–Fue amor a primera vista –lo interrumpió su madre–. Lo entiendo. A mí me pasó lo mismo con el padre de Evan. En cuanto nos conocimos no podíamos separarnos el uno del otro. Nos casamos a toda prisa y nunca miramos atrás. Yo lo quería con locura. Nuestro matrimonio fue maravilloso… mientras duró. El pobre murió repentinamente. ¿Te lo ha contado Evan?

–Pues no… no.

–No pasa nada. Ya te lo contará cuando llegue el momento.

Laney lo miró con curiosidad. En realidad, apenas sabía nada de él. No sabía nada sobre el padre de su hijo.

–Evan, ¿por que no acompañas a Laney a vuestra habitación para que descanse un poco? El viaje desde Los Ángeles es muy largo y debe estar agotada.

–Gracias, señora Tyler.

–Por favor, llámame Rebecca. Pronto seré la abuela de tu hijo.

Laney rio, el sonido extraño a los oídos de Evan porque no se había reído mucho últimamente. Pero recordaba el sonido de su risa en Maui, cuando no se mostraba tan cautelosa con él.

–Me gusta eso: abuela –repitió su madre.

–Gracias, mamá. Pero tú también deberías descansar. Mañana será un gran día.

–Ah, cumplir sesenta años no es para tanto. ¡Convertirse en abuela sí es algo que hay que celebrar!

Después de despedirse de su madre con un beso, Evan acompañó a Laney a la habitación. Donde pensaba hacerle el amor toda la noche.


Laney se apoyó en la puerta, pensativa.

–Es una mujer encantadora.

–¿Y eso te sorprende?

–Sí, un poco.

–¿Por qué? Yo no nací por generación espontánea, cariño –rio Evan, acercándose a ella mientras se desabrochaba el cinturón.

–Evan… –dijo Laney con tono de advertencia.

–Me gusta más cuando me llamas Ty.

–Ese no es tu nombre.

–Lo es cuando tú lo dices.

Ella tragó saliva.

–Estamos en casa de tu madre.

Evan puso una mano a cada lado de la puerta, atrapándola.

–Mi madre duerme profundamente. Y está muy lejos de aquí, no oirá tus gemidos.

Laney apretó los labios. No podía negarlo. Evan sabía cómo hacerla gemir, incluso gritar de placer cada vez que hacían el amor.

–Háblame de tu padre –dijo, desesperada.

–No.

–Quiero saber…

–Ahora no es el momento –la interrumpió él, besándola en el cuello. Y a Laney se le doblaron las rodillas.

Le puso una mano en el torso para apartarlo. Gran error. Sus músculos tan duros, su piel…

–Por favor –insistió–. Dices que quieres ganarte mi confianza, ¿no? Pues háblame de él. Cuéntame algo de tu vida.

–Seguirías sin confiar en mí, cariño.

–Quizá, pero me ayudaría a entenderte un poco mejor.

Evan la miró durante unos segundos. Había

un brillo en sus ojos, como si estuviera recordando algo muy doloroso.

–Mi madre te dirá que mi padre fue un héroe. Te dirá que está orgullosa de él… y no te dirá nada más. Pero la verdad es que yo soy el responsable de la muerte de mi padre. Le quité la vida como si le hubiera pegado un tiro en la cabeza.

–¿Qué dices? –exclamó Laney alarmada.

Mientras se lo contaba, su corazón se encogió por el niño de diez años que, entusiasmado con un guante de béisbol nuevo, no se fijó en el camión que bajaba por la calle a toda velocidad ni oyó los gritos de su padre. Evan admitió que no estaría vivo hoy si su padre no lo hubiera apartado del paso de ese camión. John Tyler murió instantáneamente.

–Aún oigo el ruido del impacto, el chirrido de los frenos y mis gritos…

Laney se acercó a él, apenada. Era un recuerdo terrible. Solo podía imaginar la angustia que habría sentido.

–No fue culpa tuya, Evan.

–No puedes decir nada que borre mi pena, Laney. Tú querías saberlo y te lo he contado. Eso es todo.

–¿No habrías hecho tú lo mismo? Dime que tú no darías tu vida por la de tu hijo.

Evan cerró los ojos.

–La vida de mi madre jamás volvió a ser la misma. Tuvo que trabajar y trabajar para sacarnos adelante. Mis hermanos sufrieron también…

–Sí, me imagino que debió ser horrible para todos. Pero eso es lo que hacen los padres, Evan –murmuró Laney, tomando sus manos para ponerlas sobre su abdomen–. Tienen que proteger a sus hijos. Tú has conseguido tener éxito en la vida y supongo que has ayudado a tu madre…

–Claro. Ahora es feliz –suspiró él–. Por su nieto.

Laney empezaba a entenderlo. Entendía esa obsesión por triunfar, por adquirir más hoteles. Incluso entendía que la hubiera sometido a un chantaje para casarse con ella.

–Me alegro de que me lo hayas contado.

–Yo también me alegro.

La sonrisa de Laney desapareció cuando Evan buscó sus labios. Cayó sobre él, mareada por el dulce aroma del deseo, intentando apartar de su cabeza todas las dudas.

Lo había acusado muchas veces de ser el causante de la muerte de su padre. ¿Y si estaba equivocada? ¿Y si había incrementado su sentimiento de culpa diciéndole eso? De repente, la ternura que sentía por aquel nuevo Evan la abrumó y Laney decidió olvidar sus inseguridades.

Aquella noche le haría el amor a su marido sin reservas, sin miedos, sin dudas.

Ya habría tiempo para eso.

Al día siguiente.

La fiesta de cumpleaños de Rebecca no fue lo que Laney esperaba. Estaba sentada bajo una enorme sombrilla en la playa de Fort DeSoto, mirando la costa del golfo de México con su suegra; la mejor amiga de su suegra, Larissa; y su hija, Serena. Los hijos de Larissa jugaban al fútbol en la arena con Evan, Brock y Trent.

Rebecca la miraba con dulce expresión soñadora.

—Creo que haces feliz a mi hijo, Laney.

Ella apartó la mirada, nerviosa. Sabía que no lo hacía feliz, pero no podía explicarle la verdadera situación a aquella mujer tan confiada.

—Nuestra relación es… muy compleja.

—El amor siempre lo es.

Laney miró a Rebecca asintiendo con la cabeza. Pero no estaba segura de si quería el amor de Evan o si él era capaz de sentir esa emoción por alguien que no fuera de su familia.

Esa noche cenaron en el Museo Dalí del puerto de Bayboro. Para sorpresa de Rebecca, una docena de amigos se apuntaron a la celebración. Y, después de cenar, el director del museo les mostró los cuadros del pintor surrealista.

Todo el mundo iba vestido para la ocasión, los hombres con esmoquin, las mujeres con vestidos de noche. Afortunadamente, Laney había decidido llevar algo elegante en la maleta: un vestido de encaje blanco con escote halter. Pero también llevaba unas sandalias con tacón de cinco centímetros que le estuvieron destrozando los pies durante toda la noche. En fin, solo le quedaban unas semanas para lucirse. A partir de entonces, tendría que empezar a comprar vestidos de premamá.

La madre de Evan lo estaba pasando divinamente y Laney notó un nuevo brillo en sus ojos mientras la presentaba a sus amigos como el nuevo miembro de la familia. Y, sobre todo, cuando le contaba a todo el mundo que iba a ser abuela. Laney no sabía qué pensar. Todo era tan extraño. Era una Tyler ahora, cuando los Tyler y los Royal habían sido enemigos acérrimos.

–A mi madre le ha encantado tu regalo –le dijo Evan al oído–. Ha sido un detalle.

–Es una de mis fotografías favoritas. Esperaba que le gustase.

Meses antes, mientras viajaba por Europa, Laney había hecho una fotografía de la Torre Eiffel desde el tercer piso de un edificio antiguo, capturando la vista desde una de las ventanas. La escena era un contraste entre lo humilde y lo opulento de la ciudad francesa, iluminada por la luz de la luna.

Se sentía orgullosa de esa fotografía y había esperado que a Rebecca le gustase también.

–A mi madre le encanta el arte. Pero esa fotografía será un tesoro para ella porque es preciosa y porque la has hecho tú.

Laney sonrió.

–Gracias.

En ese momento le sonó el móvil a Evan y él, haciendo un gesto de disculpa, se apartó.

Cuando volvió a su lado, estaba muy serio.

–¿Cómo estás?

–Bien, bien –contestó ella un poco confusa–. Es una fiesta muy bonita…

–Ha habido otro problema en uno de tus hoteles. Deberíamos volver a Los Ángeles mañana a primera hora.

Laney le miró, alarmada. Habían planeado quedarse en Florida todo el fin de semana y vol-

126

ver a casa el lunes. Rebecca decía que no veía nunca a sus hijos y era una queja que Laney podía entender.

—¿Qué clase de problema?

—Alguien entró anoche en tu despacho.

Laney cerró los ojos un momento y asintió con la cabeza. La traición de uno de sus empleados, uno de los empleados de su padre, se le clavaba en el corazón como un puñal.

—Eso significa que nuestro plan ha funcionado.

# *Capítulo Diez*

Qué mal momento.

Evan había recibido instrucciones de Code Landon para dejar caer que todos los empleados estaban siendo investigados, esperando que el culpable se pusiera nervioso y cometiera un error. Estaba seguro de que todos los accidentes eran obra de alguien que trabajaba en la empresa. Pero necesitaba una pista, algo para encontrar al culpable.

Le costó trabajo convencer a Laney, pero al fin lo había conseguido.

Por eso hablaron en voz alta en la zona de recepción, dejando caer el nombre de la agencia Landon varias veces y comentando detalles sobre el sistema de seguridad de la cadena.

Evan no había esperado que la trampa funcionase tan pronto. Así que, en lugar de pasar el resto del fin de semana en Florida con su familia, viendo a su mujer mezclarse con su madre y sus hermanos y disfrutando de su compañía dentro y fuera de la cama, tenían que volver a toda prisa a Los Ángeles.

–Alguien se ha asustado –murmuró, tomando a Laney del brazo para llevarla hacia los ascensores del cuartel general de Royal. Era domingo, de modo que las oficinas estaban desiertas.

Antes del viaje le había pedido a Landon que instalase un nuevo sistema de alarma en su despacho. Nadie lo sabía salvo Laney y él mismo.

Pero en cuanto sonó la alarma, el asaltante había desaparecido.

–Ha sido alguien que conocía bien estas oficinas –dijo Evan–. Y quien fuera, sabía lo que hacía. Sabía a qué hora pasaba el guarda de seguridad por aquí y a qué hora cambiaba el turno…

Laney asintió, su estoica expresión escondía una evidente preocupación.

–He trabajado con esta gente durante años. Conozco a sus familias, a sus hijos…

–Solo media docena de ejecutivos tienen la llave de las oficinas de la planta principal, ¿no?

–Y Ally. Ella también tiene llave –suspiró Laney–. Pero es tan difícil de creer…

–Porque te cuesta ver lo peor de la gente. Salvo de mí, claro –dijo Evan–. Sobre mí creerías cualquier barbaridad.

–Mi padre me dijo una vez: «La primera impresión es la que cuenta. Puede ser tu última oportunidad».

Nolan Royal le había dicho algo parecido el día que fue a verlo, antes del infarto, pensó Evan.

–¿Estás diciendo que el día que nos conocimos no te llevaste una buena impresión? Porque yo lo recuerdo de otra manera, cariño.

–Sí, bueno, admito que me pareciste muy atractivo. Fuiste la distracción que necesitaba para olvidar a Justin. Pero eso no habría pasado nunca de haber sabido quién eras.

–¿Estás segura?

Laney asintió con la cabeza.

–Sí.

–Un día te diré cuál fue mi primera impresión al verte.

–Me lo imagino. Una chica solitaria con el corazón roto… esperando como una tonta para darte información importante sobre la compañía que tú pensabas comprar y más que dispuesta a subirse al expreso Tyler. Desde luego, me engañaste bien.

–¿El expreso Tyler? –repitió él–. ¿Ahora soy un tren?

Laney puso los ojos en blanco y, riendo, Evan

le tomó la mano mientras salían del ascensor. Antes de entrar en el despacho, marcó el código de seguridad para desconectar la alarma.

Una vez dentro, Laney miró por todas partes, pero no encontró nada raro.

—Quien quiera que fuera, no se llevó nada. Aunque tampoco había nada que llevarse, claro —dijo, suspirando—. ¿Cómo podemos detener a esa persona antes de que cause más problemas?

Evan la tomó por la cintura, apoyando la cabeza en su pelo. Aquello no era fácil para Laney. Habría querido protegerla, mantenerla a salvo, pero entendía su angustia. La cadena de hoteles Royal era la herencia de su padre, el recuerdo de Nolan Royal.

—Puedes darme una lista de todos los que tienen llave y empezaremos a trabajar por ahí.

—Esto es horrible…

—Ya lo sé, cariño —murmuro él—. Pero al menos hemos sacado algo bueno: que puedes subirte al expreso Tyler cuando quieras.

Laney tuvo que sonreír.

Evan empujó su cabeza para ponerla sobre su hombro y se quedaron así un rato. Quería protegerla, ese era su mayor deseo.

Y le sorprendió que ese pensamiento le encogiera el corazón.

El lunes por la mañana, Preston Malloy entró en el despacho de Laney con una carpeta en la mano. Y Evan se percató de que ni siquiera intentaba esconder su expresión de enfado al verlo sentado en el sillón de Nolan Royal.

—¿Querías algo?

—Estoy buscando a Elena.

—Llegará más tarde, pero si puedo ayudarte...

—No. Esperaré hasta que llegue ella.

—Muy bien.

Preston iba a salir del despacho, pero se volvió.

—Conozco a Elena desde que era una cría y siempre ha sido una chica sensata. Nolan estaba muy orgulloso de ella.

—Como debe ser.

—Pero sigo sin entender por qué se casó contigo.

—Eso es lo que hace la gente cuando está esperando un hijo —contestó Evan.

Contar la verdad valió la pena solo por ver la cara de sorpresa de Preston.

—¿Un hijo?

—Eso es lo que he dicho.

—Elena jamás se habría acostado con el competidor de su padre. A menos, claro, que no supiera quién eras. Que yo sepa, nunca te había visto en persona…

–Así sería muy difícil concebir un hijo, ¿no?

Preston Malloy lo miró, atónito.

–Elena no sabía quién eras, ¿verdad? Mentiste para seducirla. No te detendrías ante nada para conseguir esta empresa.

Evan se levantó del sillón, airado.

–¿Cómo te atreves?

–Ahora entiendo lo de la boda a toda prisa… supongo que empezaste a perseguirla tras su ruptura con Overton, claro.

–Malloy, ¿qué es lo que te molesta tanto? ¿Que me haya casado con la hija de Nolan Royal o que no seas tú el que ocupa este sillón?

–Nolan se revolvería en su tumba si supiera que su hija se ha casado contigo. No confiaba en ti. Te echó de su despacho ese día y te dijo que no volvieras nunca. Según él, eras un hombre sin principios. Y tenía razón.

Evan había oído esas mismas palabras por parte de Nolan Royal, pero el padre de Laney las había dicho con una sonrisa en los labios antes de acompañarlo a la puerta. Le había dicho eso con cierto desprecio, pero también con cierta admiración.

Y lo interesante era que Malloy conociera tantos detalles de la conversación.

–Mi mujer valora mucho tu lealtad y tu amistad. No la decepciones, Preston. Yo no te debo ninguna explicación, pero te diré algo: pienso descubrir quién está saboteando esta empresa, así que no te pongas en mi camino.

Malloy tiró la carpeta sobre la mesa y salió del despacho dando un portazo.

Cinco minutos después, mientras Evan revisaba el informe económico que Preston Malloy le había dejado… o más bien tirado, Laney entró en el despacho.

Y Evan tragó saliva. Un aroma a flores entró con ella. Llevaba el pelo suelto, un vestido blanco y negro sin mangas y un collar de ámbar amarillo al cuello. Era como un hada.

–Hola, preciosa.

–Hola.

Se miraron a los ojos como dos adolescentes…

Laney parpadeó.

Evan se aclaró la garganta.

–¿Te encuentras mejor ahora que has dormido un ratito más de lo normal?

–Sí, pero deberías haberme despertado –contestó ella.

Evan se mantenía a distancia. Estaba esperando que Laney diera el primer paso para hacer el amor de nuevo. Pero ella no lo daba. Por el momento, estaba demasiado cansada y demasiado angustiada por la situación de los hoteles como para atreverse a confiar en él. Y eso era lo que Evan esperaba: que se atreviera.

–Si te hubiera despertado, habríamos tenido problemas…

–Ah, ya.

Evan sonrió.

–Bueno, me voy al Tempest. Pero volveré a la hora de comer. Quiero enseñarte algo.

–Creo que ya lo he visto más de una vez –murmuró Laney de broma.

–Tienes una mente muy sucia, esposa mía.

–Ya te gustaría.

–No, sé que es así –Evan le guiñó un ojo–. Volveré a la una.

Y luego se marchó para seguir investigando.


Evan fue a buscarla exactamente a la una y, sin decirle adónde iban, la sacó de la oficina.

–¿Adónde me llevas? –le preguntó Laney, una vez dentro del Cadillac Escalade que había comprado como coche familiar.

–Ya lo verás.

Evan atravesó Sunset en dirección a la playa y, después de girar en una zona residencial, detuvo el coche frente a una casa pintada de azul claro, con un enorme jardín.

–¿Qué te parece?

–¿La casa?

–Tiene piscina, cinco dormitorios, un estudio y un salón enorme. En el jardín hay hasta una casita de madera para el niño...

–Lo tenías todo planeado, ¿no?

–Hay un colegio muy cerca de aquí –sonrió Evan–. Y la casa está a quinientos metros de la playa.

–Es muy bonita.

Y justo lo que ella había imaginado cuando era una niña y soñaba con casarse con su príncipe azul y formar una familia.

–Me alegro de que te guste.

–Pero si la has comprado sin contar conmigo, tendré que estrangularte con mis propias manos...

–No, no la he comprado, pero he conseguido que nos la enseñen a nosotros antes que a nadie. La agente inmobiliaria está dentro, esperando.

–Muy bien. Vamos a verla.

Por un momento, las dudas de Laney desaparecieron. No había comprado la casa sin contar con ella. Ese era un buen principio. Pero dejar su casa en Brentwood e irse a vivir con Evan era un paso de gigante. Eso significaba estabilidad. Significaba… para siempre.

Y Laney no sabía si estaba preparada para eso.

–La casa no se pondrá a la venta hasta mañana, pero si te gusta le haremos una oferta que no podrá rechazar.

Laney no pudo reírle la broma. No sabía qué hacer o qué pensar.

–Pero si no te ves en esta casa, buscaremos otra –dijo Evan entonces, tomando su mano.

Amelia López, la agente de la inmobiliaria, los esperaba en la puerta con una sonrisa en los labios.

–La cocina les va a encantar. Es muy moderna, pero con un toque hogareño.

Y Laney estaba de acuerdo. Le gustaba mucho aquella cocina tan espaciosa con vistas al jardín. Y el resto de la casa era igualmente maravilloso. Cada habitación diferente a las demás y… sencillamente perfecta para una familia.

–¿Qué te parece? Podemos hacer todos los cambios que quieras.

–No sé…

–¿Les gusta? –preguntó Amelia.

–Depende de mi mujer –contestó Evan–. Ella es la que decide.

Laney agradecía esa actitud, pero seguía sin poder tomar una decisión tan importante.

–Tengo que pensarlo.

–Sí, claro, es lógico. La casa no sale a la venta hasta mañana, pero imagino que no será difícil venderla, así que sugiero que no tarden mucho en decidirse.

Laney miró a Evan, que intentaba no mostrar su desilusión. Él era un hombre que siempre conseguía lo que quería…

–Le daremos la respuesta lo antes posible. Gracias por enseñárnosla antes que a nadie.

Una vez en el Cadillac, Laney miró hacia atrás.

–La verdad es que es una casa preciosa.

–A mí también me lo parece –dijo él–. Pero no estás segura de si quieres vivir en ella… conmigo.

–Necesito tiempo –murmuró Laney, mirando su mano mientras cambiaba de marcha. Llevaba la alianza de su padre en el dedo anular. Había sido un regalo de su madre y ella sabía lo importante que eso era para Evan.

–Tómate el tiempo que necesites.

Ella agradecía su paciencia. A veces, Evan le tocaba el corazón de la manera más sorprendente.

Esa noche cenaron una sencilla ensalada de pollo en la terraza. Descalzo, con unos vaqueros viejos y una camiseta blanca, moreno y lleno de vitalidad, Evan parecía más relajado que nunca. Y más guapo también.

–No tienes que beber agua. No me importa que bebas alcohol.

–¿Estás intentando corromperme?

–¿Podría hacerlo?

–Creo que sí –sonrió Evan–. Con ese vestido, no tendrías que esforzarte mucho.

Era un vestido de Donna Karan que Julia la había convencido para que comprase.

–Está hecho para ti –le había dicho–. Póntelo, porque pronto no podrás ponerte más que cosas con cinturilla elástica, cielo.

–¿Qué tendría que hacer, Evan? –se atrevió a preguntar Laney entonces.

–No mucho, cariño. Pero primero tendrías que quitarte esas sandalias –contestó él–. Bonito color, por cierto.

–Son de color… canario.

–Ah, color canario –sonrió Evan, tomándole el pie para darle un masaje.

–Eso me gusta… La verdad es que ya casi no puedo ponerme tacones. Me duelen tanto los pies…

–Pobrecita –dijo Evan, deslizando la mano por su muslo.

–Oye…

–¿No te gusta el masaje?

Laney se mordió los labios.

–¿Qué más tendría que hacer?

–Solo estar así de guapa –murmuró él, metiendo la mano entre sus piernas.

–No pierdes el tiempo, ¿eh?

–No suelo hacerlo cuando quiero algo.

Y Laney no tenía que preguntar qué quería. Lo sabía porque ella deseaba lo mismo.

Sus dedos encontraron enseguida lo que buscaban. Evan apartó la braguita para acariciarla hasta que Laney estuvo a punto de perder la cabeza...

–Pero tampoco quiero que nos echen de aquí –dijo luego, bajándole el vestido.

–¿Eh?

–Estamos en la terraza, cariño. Cualquiera podría vernos.

–Pensé que eras el dueño de este edificio.

–Sí, pero no de los edificios de enfrente –sonrió él, empujándola suavemente hacia el salón.

Laney le tiró de la camiseta para besarle el torso desnudo, rozando con la lengua los diminutos pezones, hasta que él dejó escapar un gemido.

Evan le quitó el vestido de un tirón y acabaron en el suelo antes de que ella se diera cuenta de lo que estaba pasando. El dormitorio quedaba demasiado lejos.

Sin decir una palabra, él le desabrochó el sujetador e inclinó la cabeza para buscar sus pechos con la boca. Después, mientras Laney le acariciaba el pelo, le besó los pechos, el ombligo, las caderas… hasta rozar su intimidad con la lengua. La levantó, sujetándola por las nalgas, y cuando Laney se arqueó hacia él, la torturó con su lengua hasta hacerla llegar al orgasmo. Laney temblaba de arriba abajo, sin poder contener los gemidos de éxtasis.

Cuando abrió los ojos, Evan la miraba con una expresión que no había visto antes.

Y supo entonces que estaba enamorada de él.

Sí, amaba a su marido. Su corazón se llenó de alegría al pensar eso. Pero tenía que confiar en él. Tenía que dar un salto de fe y confiar en el hombre del que estaba enamorada, en el padre de su hijo.

–Necesito estar dentro de ti –dijo Evan, mientras se bajaba la cremallera de los vaqueros con manos temblorosas.

–Yo también lo necesito –musitó Laney, sin aliento.

Evan apoyó los brazos en el suelo, a cada lado de su cara, temblando, su torso tan cerca que podía besarlo. La penetró entonces y ella se arqueó para recibirlo mejor. No tardó mucho en terminar, con un orgasmo que lo hizo lanzar un gruñido de placer.

–No imagino un tiempo en el que no podamos hacer esto.

–¿Quieres decir cuando esté tan gorda como una casa? Hay otras maneras…

–¿Te importaría enseñármelas?

–No, prefiero esperar –sonrió Laney.

–Me gusta cómo suena eso –murmuró Evan.

–¿Qué?

–Tú, yo, el futuro…

Laney sonrió, acariciando el torso desnudo de su marido y apoyando la cabeza en su hombro. También a ella le gustaba.

Y eso era lo que más la preocupaba.

# *Capítulo Once*

A la mañana siguiente, Laney se dirigió al despacho de Preston. La placa de la puerta decía «Vicepresidente», pero para ella era mucho más. En cierto sentido, Preston era una versión joven de su padre. Guapo, con una buena formación, elegante, eficiente. Era un hombre acostumbrado a resolver problemas y había sido una gran ayuda para su padre desde el primer día.

–Hola, Preston –sonrió, sentándose.

–Buenos días, Elena.

–Últimamente no hemos tenido mucho tiempo para charlar.

–Estoy muy ocupado, como siempre.

–No hemos hablado de lo que pasó la otra noche. ¿Quién podría querer entrar en mi despacho?

–No lo sé –contestó Preston–. Pero en realidad ya no hablamos de nada, Elena. Ya no confías en mí como antes.

–¿Cómo que no? Claro que confío en ti –protestó Laney–. Siento mucho no haber tenido tiempo para ti, pero es que han pasado tantas cosas…

–Lo sé. Nada de esto es fácil para ti. Te has casado con un hombre que podría haber provocado la muerte de tu padre y ahora estás embarazada…

Laney lo miró, atónita.

–¿Cómo lo sabes?

–Me lo contó el propio Evan.

–Pero no tenía derecho a hacer eso. Acordamos mantenerlo en secreto por ahora… Quería contártelo yo a mi manera.

–¿Y qué me habrías dicho? ¿Que estás locamente enamorada del rival de tu padre? ¿Que no puedes vivir sin Evan Tyler? Sé que te mintió en Maui y sé que te chantajeó para que te casaras con él.

–No fue un chantaje, Preston –intentó defenderlo Laney–. Yo…

–Te casaste con él bajo presión. Conozco a ese tipo de hombre, Elena. Te mintió y te dejó embarazada.

–No fue así. Además, ya no soy una niña…

–¿Estás diciendo que no lo hizo deliberadamente?

Laney había pensado eso muchas veces.

–Sí, me buscó deliberadamente, eso es verdad. Y no me gusta nada que te haya contado lo del niño.

–Pues estaba deseando hacerlo. Me lo contó con un brillo de satisfacción en los ojos, como si por fin hubiera conseguido lo que quería.

–Sí, seguro que sí –murmuró ella. Quizá su hijo estaría mejor sin Evan, pensó. Quizá estaba siendo demasiado comprensiva con él. Quizá no debería dejar que el deseo le robase el sentido común.

–No me hace ninguna gracia saber que los empleados estamos siendo investigados. Ni a mí ni a nadie –siguió Preston–. Este tipo de situación no ayuda a que la gente sea leal a una empresa. Esas tácticas son… indignas. Tu padre jamás lo habría hecho.

–Lo sé. Si no estuviera desesperada por salvar la empresa y descubrir quién está detrás de esos supuestos accidentes no habría aceptado.

–Yo no creo que sea ninguno de los empleados. Los dos sabemos que la competencia siempre tiene espías y… no me gusta decir esto, pero la competencia es precisamente la empresa de tu marido. ¿De verdad confías en él lo suficiente como para pensar que no está detrás de todo esto?

Laney miró a Preston sin saber qué decir. No estaba segura de nada…

–Contesta a su pregunta, cariño –oyeron una voz entonces.

–Aparentemente, también le gusta escuchar conversaciones que no le conciernen –murmuró Preston.

–¿Qué haces aquí, Evan? Estoy teniendo una conversación privada con Preston…

–Contesta a su pregunta. ¿Confías en mí?

Laney miró de uno a otro. Los dos hombres la habían puesto en un brete.

–Por mí podéis daros de tortas. No quiero saber nada.

Cuando iba a pasar al lado de Evan, él la sujetó del brazo.

–He venido para contaros algo. Otro de los hoteles ha sufrido un accidente, el Royal Dallas.

–No puede ser…

–El aire acondicionado se ha estropeado en todas las plantas del hotel… y ya sabéis el calor que hace en Texas en verano. La humedad es suficiente para ahogar a cualquiera, así que los clientes están saliendo en estampida.

Laney no podía creerlo. Otra vez.

–Yo me encargo de todo –se ofreció Preston, que parecía totalmente sorprendido.

–No hace falta. He enviado a mi equipo para investigar.

–Ese es mi trabajo –insistió él.

–Y yo he dicho que no, gracias.

–¿Cómo puedes confiar en este hombre, Elena?

–¡Preston, cállate! Me voy a mi despacho. Y si no queréis tener un problema serio, espero que ninguno de los dos pase por allí en todo el día.

Laney salió dando un portazo y se dejó caer en el sillón, con la cara ardiendo de rabia.


Evan la dejó en paz durante unos diez minutos y luego entró en el despacho sin molestarse en llamar.

–Tenemos que hablar.

–Desde luego que sí –replicó ella–. Tienes muchas cosas que explicar…

–Cálmate, Laney.

–Estoy absolutamente calmada. Tan calmada que acabo de ver que he cometido un error.

–¿De qué estás hablando?

–No tenías derecho a decirle a Preston que estoy embarazada. Me has traicionado. Preston es más que un empleado para mí. Es mi amigo. Y ahora está dolido conmigo porque no se lo había contado. Esta competición entre vosotros tiene que terminar…

–Le hablé de tu embarazo a propósito.

–Eso ya lo sé. Le hablaste de algo que habíamos acordado mantener en secreto. Me traicionaste…

–No, yo no te he traicionado. Preston sí.

–¿Qué quieres decir?

–No hay ningún problema con el aire acondicionado en Dallas. Solo lo dije para ver cuál era su reacción. ¿No te diste cuenta de lo confuso que parecía? Confuso porque él no había ordenado que Dallas tuviera un accidente. Solo duró un segundo, pero vi su expresión, Laney. Vi pánico y confusión en su cara.

–Has visto lo que has querido ver. Que yo sepa, no eres ningún experto en lenguaje corporal. Además, tú no conoces a Preston como yo.

–Tu amigo contrató a todos los directores de la cadena. Él es el único eslabón con los accidentes, Laney. Todos los directores que ha contratado tienen un pasado bastante dudoso y debe haberlos pagado para provocar esos accidentes...

–Él supervisa las contrataciones, pero eso no significa que supiera nada –insistió ella–. Si los directores tienen antecedentes penales deben haberlo escondido bien.

–No quieres creerlo, Laney. Ese es el problema.

–No pienso creerte, no.

–Cariño, tienes que confiar en mí.

Laney cerró los ojos. ¿Podía hacerlo? ¿En quién debía confiar?

–Malloy dijo algo el otro día que me hizo pensar.

–¿A qué te refieres?

–Cuando hablé con tu padre el día que murió, me dijo que era «un hombre sin principios». Y Malloy repitió exactamente esas palabras.

–No te entiendo.

–Preston sabía lo que tu padre me había dicho. Lo sabía porque había visto a tu padre después de que yo me fuera de aquí. Él estaba allí, antes o durante su infarto. Y yo creo que tu padre descubrió lo que estaba pasando. Descubrió que Malloy era el culpable y no pudo soportar el golpe.

A Laney se le encogió el corazón. Oía lo que Evan estaba diciendo, pero no podía procesar sus palabras. No quería creerlo.

–No tienes pruebas, Evan. ¿Por qué haría Preston algo así?

–No lo sé. Quizá no quería que tú te convirtieras en la nueva presidenta de la cadena. Preston era el siguiente en la lista y quizá pensó que el puesto debía ser para él.

—Pero los accidentes empezaron a ocurrir antes de eso.

Evan se encogió de hombros.

—Podrían ser accidentes de verdad o Malloy empezó a organizar esos numeritos con antelación para no levantar sospechas. No sabemos de quién partió la idea, pero tengo a mis investigadores trabajando día y noche.

Laney se mordió los labios.

—Pareces tan seguro de lo que dices…

—Averiguaremos quién es el responsable, te lo aseguro.

Creerlo significaría creer que Preston era el culpable del infarto de su padre. Preston, su gran amigo, su mano derecha. De repente, todo aquello era demasiado para ella.

—Me voy a casa. A mi casa de Brentwood. Y, por favor, no me sigas.

Evan asintió, mirándola con preocupación.

«Confía en él», le decía una vocecita.

«Ten fe en tu marido».

Laney quería tenerla. Con todo su corazón.

\*\*\*

En cuanto llegó a casa, Laney marcó un número de teléfono.

–Ally, soy Elena. ¿Puedes comer conmigo?

–Estoy liadísima…

–Sí, ya sé que estás liadísima, soy tu jefa. Pero te doy el resto del día libre –la interrumpió Laney–. Tengo que hablar contigo.

–¿En serio? ¿Por fin vamos a hablar de nuestras cosas como hacíamos antes? Hace siglos…

–Ally, no le digas a nadie que te he llamado. Iré a buscarte a la oficina dentro de una hora.

–Muy bien, de acuerdo.

Una hora después, Laney y Ally estaban sentadas en un restaurante italiano cerca de la oficina.

–¿No vas a tomar una copa de vino?

–No, hoy no. Y no creo que pueda tomar alcohol en unos seis meses. Es de eso de lo que quería hablarte. Estoy embarazada.

Los ojos pardos de Ally se iluminaron.

–¿En serio? ¡Pero eso es genial! Claro, por eso te casaste a toda prisa…

–Es evidente, ¿no?

–Sí, desde luego. ¿Estás muy enamorada de tu marido, Elena?

Ella lo pensó un momento.

–Sí, estoy enamorada de él.

–Has tenido mucha suerte. Evan está loco por ti. No deja de mirarte y pone una carita…

–¿Tú crees? –murmuró Laney, escéptica–. Háblame de ti. ¿Cómo va tu vida amorosa?

–Conocí a un hombre estupendo… y resulta que estaba casado.

–Oh, no.

–Sí, me gustaba muchísimo, pero era un mentiroso…

Siguieron charlando durante la comida y, cuando volvió a casa, Laney supo que Ally estaba en lo cierto; había tenido suerte de encontrar a Evan Tyler. La verdad había estado delante de sus ojos todo el tiempo, pero ella no había querido verla. Estaba en la manera en que trataba a su familia, en cómo llevaba la alianza de su padre con orgullo, en cómo cuidaba de ella, aunque ella no hubiese querido admitir sus gestos de cariño.

¿Cómo había podido estar tan ciega?

Nerviosa, tomó su bolso y se dirigió a la oficina. Era tarde, pero tenía que hablar con él lo antes posible.

Los despachos de la planta principal estaban vacíos y las luces apagadas… No, no todas. La del despacho de Preston estaba encendida y…

–Los hoteles están perdiendo dinero por todas partes, pero no puedo garantizarte que vaya a vender. No, aún no. Sí, ya sé que me estás pagando para eso, pero te digo que no puedo presionarla más…

Laney asomó la cabeza en el despacho y Preston colgó el teléfono a toda prisa.

–Elena, no sabía que estuvieras aquí.

Atónita, Laney lo miraba sin creer lo que acababa de oír.

–Evan tenía razón. Eras tú. Tú nos has vendido a la competencia. ¿Por qué, Preston?

–¿Cómo? Ah, te refieres a la conversación… Puede que sonase rara, pero te aseguro que…

–¡No me mientas! Lo he oído todo, Preston. Te están pagando para que provoques esos accidentes. Para obligarme a vender. Mi padre… te quería como a un hijo. Confiaba en ti.

–Tu padre ya no podía dirigir el negocio, Elena –dijo Preston entonces. Su expresión había cambiado por completo. Ya no era el amigo de toda la vida, era… un desconocido–. Te puso a ti a cargo de la empresa. A ti, que no sabes nada del negocio, mientras yo llevo aquí años ayudándole a levantar este imperio, encargándome de cada detalle, trabajando día y noche. ¿Y qué recibo a cambio?

–Tenías una posición extraordinaria en la empresa y el respeto de todos. Y la lealtad de mi padre. ¡Una lealtad de la que tú has abusado!

–No sabes lo que dices, Elena.

–Claro que lo sé.

Preston intentó dirigirse hacia la puerta, pero Laney le cortó el paso.

–Voy a llamar a la policía.

–¡Apártate!

Preston la empujó con fuerza contra la pared y Laney cayó al suelo. Medio mareada, vio que Evan entraba en el despacho con dos guardas de seguridad. Al ver a Laney en el suelo, tomó a Preston por las solapas y lo empujó contra la puerta.

–Vas a pagar por esto…

–Evan, estoy bien –dijo ella.

–¿Seguro?

–Seguro.

Él le hizo un gesto a los de seguridad para que se llevaran a Preston.

–Tenemos la prueba que necesitábamos y vas a estar encerrado durante mucho tiempo, amigo. Parece que uno de los directores lo ha confesado todo y… ¿a que no adivinas qué nombre no dejaba de sonar? Llévenlo abajo. La policía ya viene hacia aquí.

–Evan…

–Cariño… ¿estás bien de verdad? –murmuró él, tomándola en sus brazos.

–Sí, sí, solo ha sido un empujón –contestó Laney, con lágrimas en los ojos.

–No llores –dijo Evan, acariciándole el pelo–. La cadena ya no corre peligro.

–No lloro por eso. Lloro porque no quise creer en ti –suspiró ella–. No confiaba en ti cuando eras inocente de todo…

–En fin, así es la vida –sonrió su marido.

–¿No estás enfadado conmigo?

–No, lo estuve, pero ya no. Es difícil estar enfadado con la mujer a la que uno quiere.

Laney lo miró a los ojos.

–¿Me quieres de verdad?

–Te quiero mucho. Creo que empecé a quererte en Maui –contestó él, acariciándole la cara–. ¿Sabes cuál fue mi primera impresión al verte?

–¿Cuál?

–Me pareciste la mujer más bella que había visto nunca. Antes de saber quién eras me sentí absolutamente atraído por ti. Y luego, cuando nos casamos, me lanzaste un reto: dijiste que podría conquistar tu cuerpo, pero nunca lograría tu corazón. Gran error, cariño –sonrió Evan–. En ese momento supe que no sería feliz hasta que lo hubiera conquistado, hasta que tú me quisieras tanto como yo a ti porque me había enamorado como un loco.

–Oh, Evan, yo también te quiero. Te quiero desde hace tiempo, pero me daba miedo confiar en ti.

–Entonces, tú también me has mentido. Me querías, pero no estabas dispuesta a admitirlo. Supongo que ahora estamos en paz.

–¿En paz? –rio Laney, fingiendo indignación–. Cariño, pasarán años hasta que estemos en paz.

–¿Otro reto?

–No, no es un reto. Es un hecho.

–Pienso llevarte al Wind Breeze a pasar nuestra luna de miel. Y nos atreveremos a todo, cariño. Quiero que sea allí donde empecemos nuestra vida juntos.

–Yo también.

–Eres mi futuro, Laney. Tú, yo, nuestro hijo… vamos a tener una vida maravillosa.

–Sí, desde luego que sí –asintió ella.

Por fin podía ofrecerle la confianza que él esperaba porque sabía que cuando Evan Tyler prometía algo… siempre cumplía sus promesas.

# Deseo

# Tres noches contigo
## Merline Lovelace

Texas era el lugar perfecto para pasar unas vacaciones cálidas. Justo lo que la doctora Anastazia St. Sebastian necesitaba antes de tomar la decisión más importante de su carrera. Entonces hizo su aparición el atractivo multimillonario naviero Mike Brennan, quien insistió en invitarla a cenar cuando ella salvó a su sobrino. Pero una noche llevó a otra. Y tres noches de diversión en el dormitorio de Mike no fueron suficientes. Zia quería enamorarse, pero ¿cómo hacerlo cuando lo que Mike deseaba era lo único que ella no podría darle nunca?

*¿Era una aventura o el amor verdadero?*

## ¡YA EN TU PUNTO DE VENTA!

# Acepte 2 de nuestras mejores novelas de amor GRATIS

## ¡Y reciba un regalo sorpresa!

## Oferta especial de tiempo limitado

**Rellene el cupón y envíelo a**

**Harlequin Reader Service®**
3010 Walden Ave.
P.O. Box 1867
Buffalo, N.Y. 14240-1867

**¡Si!** Por favor, envíenme 2 novelas de amor de Harlequin (1 Bianca® y 1 Deseo®) gratis, más el regalo sorpresa. Luego remítanme 4 novelas nuevas todos los meses, las cuales recibiré mucho antes de que aparezcan en librerías, y factúrenme al bajo precio de $3,24 cada una, más $0,25 por envío e impuesto de ventas, si corresponde*. Este es el precio total, y es un ahorro de casi el 20% sobre el precio de portada. !Una oferta excelente! Entiendo que el hecho de aceptar estos libros y el regalo no me obliga en forma alguna a la compra de libros adicionales. Y también que puedo devolver cualquier envío y cancelar en cualquier momento. Aún si decido no comprar ningún otro libro de Harlequin, los 2 libros gratis y el regalo sorpresa son míos para siempre.

416 LBN DU7N

| | |
|---|---|
| Nombre y apellido | (Por favor, letra de molde) |
| Dirección | Apartamento No. |
| Ciudad | Estado     Zona postal |

Esta oferta se limita a un pedido por hogar y no está disponible para los subscriptores actuales de Deseo® y Bianca®.
*Los términos y precios quedan sujetos a cambios sin aviso previo.
Impuestos de ventas aplican en N.Y.

SPN-03                                      ©2003 Harlequin Enterprises Limited

# Bianca

**Exclusiva:** *El soltero más codiciado de Sídney se casa...*

El multimillonario Jordan Powell solía aparecer en la prensa del corazón de Sídney y, en esa ocasión, lo hizo con una mujer nueva del brazo.

Acostumbrado a que todas se rindieran a sus pies, seducir a Ivy Thornton, más acostumbrada a ir en vaqueros que a vestir ropa de diseño, fue todo un reto.

Pero Ivy no estaba dispuesta a ser una más de su lista.

HARLEQUIN *Bianca*

ESPOSA EN PÚBLICO
EMMA DARCY

## ESPOSA EN PÚBLICO
**EMMA DARCY**

# Deseo

## Emparejada con un millonario
### Kat Cantrell

El empresario Leo Reynolds estaba casado con su trabajo, pero necesitaba una esposa que se ocupara de organizar su casa, que ejerciera de anfitriona en sus fiestas y que aceptara un matrimonio que fuera exclusivamente un contrato. El amor no representaba papel alguno en la unión, hasta que conoció a su media naranja...

Daniella White fue la elegida para ser la esposa perfecta de Leo. Para ella, el matrimonio significaba seguridad. Estaba dispuesta a renunciar a la pasión por la amistad. Sin embargo, en el instante en el que los dos se conocieron, comenzaron a saltar las chispas...

*Que no la amaba era una mentira que se hacía creer a sí mismo*

## ¡YA EN TU PUNTO DE VENTA!